LEGATA AI BERSERKER

LEE SAVINO

LIBRO GRATUITO

LEGATA AI BERSERKER

Sono un'orfana, rinchiusa nell'abbazia. Gli uomini mi dicono che sono bellissima, ma il mio destino è sempre stato una vita di lavoro nelle cucine; finché i Berserker non mi hanno catturata.

Questi guerrieri vichinghi sono maledetti, ma il mio cuore batte più forte quando sono nelle loro vicinanze. Le gambe mi si indeboliscono, il desiderio mi riempie come vino buono. Fanno nascere in me sentimenti oscuri e mi inducono a volere di più.

Vorrei fuggire ma, nel profondo, so che non sarò mai libera.

Io appartengo ai Berserker e loro appartengono a me.

Nota dell'Autrice: Legata ai Berserker è un romanzo indipendente completamente incentrato su un ménage MFM. Non ci sono scene M/M, soltanto due guerrieri sexy e dominanti che rivendicano la stessa donna insieme. Leggi l'intera saga Berserker per scoprire ciò di cui tutti i lettori parlano!

ULF

Lo senti questo odore? Il mio fratello guerriero, Haakon, mi diede una gomitata. Eravamo davanti al convento, trepidanti, tra le file dei Berserker, in attesa di reclamare il nostro premio. La donna che avevamo cercato per più di un secolo.

La nostra compagna.

Di cosa senti l'odore? gli chiesi, usando il collegamento privato che connetteva i suoi pensieri ai miei.

Un profumo di... fiori. Boccioli.

Annusai l'aria. L'odore era speziato e pungente, ma c'era una traccia di dolcezza floreale.

Lì, indicai un'ala dell'enorme edificio in pietra, ai piedi di un'alta torre. *L'odore proviene da lì.*

Ma, Haakon fece un cenno della testa verso la seconda metà dell'edificio, lunga e bassa con poche finestre. *La zona notte principale è lì. È lì che si trova la maggior parte delle donne.*

Grugnii in risposta. Mentre noi guardavamo la struttura, i nostri fratelli Berserker sfondarono la porta dell'edificio indicata da Haakon. I guerrieri si precipitarono all'interno per reclamare il prezioso tesoro nascosto tra le mura.

«Dobbiamo aspettare» dissi ad Haakon. «Thorbjorn ci ha ordinato di tenere d'occhio eventuali guardie.»

«Non ci sono guardie. Questi folli non sanno quale tesoro si ritrovano tra le mani» sbuffò Haakon. «Non proteggono queste donne. Noi le prenderemo e le terremo al sicuro.»

Del vetro si frantumò verso l'esterno, inondando il prato secco. I guerrieri balzarono fuori dal dormitorio attraverso le finestre, portando tra le braccia dei piccoli fagotti bianchi.

Profetesse: donne che possedevano una magia speciale, una magia che avrebbe rotto la maledizione dei Berserker. Alcune di loro urlavano, altre imprecavano e scalciavano. Alla fine della notte, sarebbero state tutte reclamate come spose Berserker.

«Abbiamo atteso abbastanza» disse Haakon, agganciando l'ascia alla cintura. «Andiamo.»

Sulla scia del profumo floreale, corremmo in avanti per reclamare la nostra compagna.

LAUREL

Il guerriero colpì la pentola, schiacciandola con un piede senza difficoltà, come se fosse un moscerino. Io indietreggiai, ma lui mi rivolse a malapena un'occhiata prima di rivolgere di nuovo la sua attenzione a Sage. Il lupo, invece, abbaiò.

Allungai una mano verso un'altra pentola.

«Lasciala stare!» urlai, dando uno schiaffo alla pentola prima di lanciarla. Dopo ne presi altre due. Stavo rapidamente esaurendo tutte le cose da potergli lanciare contro, non che servissero a qualcosa.

Sage si scosse e corse per il corridoio. Accigliandosi, il guerriero barbuto la seguì. Io feci oscillare un pesante calderone e lo lasciai volare, sperando lo colpisse in testa.

Invece, scivolò su un'ascia, sbatté a terra e rotolò docilmente via. Entrarono altri due guerrieri, affollando quell'ambiente stretto.

«Vai. Io mi occupo di questa» disse al guerriero barbuto a uno dei due nuovi uomini, quello che aveva deviato il mio lancio.

Corri, Sage, pensai mentre il guerriero con la lunga barba e il lupo la seguivano, e voltai le spalle al muro mentre gli altri due, alti allo stesso modo, si avvicinavano a me.

HAAKON

*Q*uesta *è quella giusta,* dissi ad Ulf, usando il collegamento privato tra le nostre menti. In tutto il secolo in cui avevamo condiviso questo legame, non avevo mai percepito un tale impeto di trionfo. La bestia dentro di me ululò alla vista della donna rannicchiata all'angolo.

«Statemi lontano» ringhiò la donna, coraggiosa quanto un vero lupo. Prese una padella e la lanciò verso di noi: io mi spostai dalla traiettoria, mentre Ulf venne colpito e imprecò all'impatto.

«Stai attento, Ulf» mi misi a ridere. «È una combattente.»

«Dico sul serio!»La ragazza si guardò intorno, disperata, forse alla ricerca di qualcos'altro da lanciare.

È lei la nostra compagna, dissi in silenzio a Ulf, che confermò il mio pensiero con un cenno della testa. Teneva il volto girato per nascondere i segni dell'ustione. Forse non voleva spaventarla più di quanto già fosse.

Non che lo sembrasse, però.

Era adorabile, con i capelli scuri, le guance rosee, un seno che si muoveva in modo allettante. Fui costretto a fare una pausa per respirare il suo profumo, dolce quanto un bocciolo di montagna, con un tocco di spezie e fumo. Feci un respiro profondo e sentii un altro odore, stavolta disgustoso. Cavolo?

«Calmati, bella. Verrai con noi» le spiegai. «Ma non hai nulla da temere.»

Il suo petto si alzava e si abbassava. Indossava un vestitino di un tessuto molto leggero. Il sant'uomo l'aveva fatta stare lì con indosso solo i vestiti per la notte? Gli piaceva guardarla, per caso?

La gelosia mi attanagliava. Anche Ulf la percepì. Nessuno avrebbe dovuto guardare la nostra donna, tranne noi.

Feci un passo in avanti.

«Lasciami stare!» disse lei. I suoi occhi vagarono per la stanza, alla ricerca di una via di fuga. Si allontanò da me, con il seno che si muoveva sotto la stoffa del vestito. Un seno così bello, due globi pieni adornati da capezzoli scuri che premevano contro il tessuto sottile. Avrei potuto prenderli entrambi con una mano sola, sostenendone il peso caldo per stuzzicarle i capezzoli col pollice prima di sporgermi e succhiarli tra le labbra. La nostra bella compagna avrebbe urlato e si sarebbe contorta dal piacere. Avrebbe cercato di fermarmi e io le avrei bloccato le braccia.

Haakon, mi chiamò Ulf. *Ti stai distraendo.*

«La tua casa è sotto attacco» dissi alla ragazza, con gli occhi fissi sul suo seno. «Non puoi restare qui. Verrai con noi e ti porteremo al sicuro.»

«Mai» ringhiò lei in risposta, fiera come un lupo. Era adorabile, la nostra compagna. Capelli neri, occhi verdi e un seno che avrebbe fatto incantare pure gli angeli, da far rompere i voti agli uomini di fede.

La bestia dentro di me ruggì mentre tornava in vita. Non si sarebbe placata finché non l'avrei marchiata come mia.

Haakon, non perdere il controllo.

«Vieni qui» le ordinai.

Invece, la ragazza guardò a sinistra, verso il grande caldarone sul fuoco.

«Non..» cominciai, ma era troppo tardi. Saltò accanto al focolare e calciò via i ceppi che sostenevano la pentola, guaendo quando le scintille le bruciarono i piedi nudi.

«No!» tuonò Ulf, mentre il calderone si rovesciava e litri di un liquido fumante e puzzolente sgorgavano dal bordo, schizzando sul pavimento.

LAUREL

$\mathcal{M}$i allontanai dal focolare, sguazzando nella zuppa di cavolo. I guerrieri ringhiarono al mio seguito. Se fossi riuscita a raggiungere la dispensa, avrei potuto barricarmi al suo interno. C'era del cibo con cui avrei potuto nutrirmi per giorni, per non parlare di nascondermi.

Delle forti braccia si chiusero intorno alla mia vita e mi costrinsero a indietreggiare.

«*Presa*» disse uno dei guerrieri. Io cominciai a mugolare e scalciare. In qualche modo, fortunatamente, il mio piede colpì il punto giusto, costringendo il guerriero a lasciare la presa. Tremante, indietreggiai. Aveva un bell'aspetto quell'uomo, con capelli castani screziati d'oro e una pelle abbronzata. Occhi feroci e dorati, strani, come quelli di un lupo.

Il suo sguardo cadde sul mio seno, e io mi dannai per essermi tolta il vestito un po' prima quella sera. D'altronde, faceva molto caldo in cucina, perciò mi piaceva indossare la mia veste leggera quando sapevo di dover stare da sola.

«E dai, piccola combattente» disse il bel guerriero. «Non è sicuro qui: siamo venuti a salvarti.»

«Cosa?» quasi singhiozzai. I piedi mi pulsavano a causa

del brodo caldo. All'improvviso, scivolai sulle pietre coperte di zuppa e atterrai per metà sul focolare. Allungando una mano verso il fuoco, pensai che, se mi fossi avvicinata abbastanza, sarei riuscita a prendere un bastone incandescente e magari..

«Adesso basta» ringhiò il secondo guerriero, spingendomi a sé. Mi congelai. Era brutto, con un'orrenda cicatrice che gli sfregiava metà del viso. Io feci un passo indietro e lui ringhiò di nuovo, prendendomi tra le sue braccia.

«Smettila, Ulf, la stai spaventando» gli disse l'altro bello.

Ulf grugnì e mi spinse verso l'altro guerriero. «Allora prendila tu, Haakon.»

Sorridendo come se avesse appena vinto un premio, il guerriero Haakon si piegò così che la sua spalla si poggiasse sul mio centro, e, in un batter d'occhio, mi ritrovai sulla sua spalla, a penzoloni sulla schiena.

«Fermi! Cosa state...»

«Zitta!»Una mano mi schiaffeggiò il sedere. Sibilai all'oltraggio, e la mano mi accarezzò la natica destra. Quasi cominciai a urlare, ma uno spiffero mi colpì il viso. Eravamo fuori.

Singhiozzi e mugolii invadevano l'esterno. La luce della Luna faceva da riflettore a una scena singolare: enormi guerrieri si aggiravano per il perimetro dell'abbazia, alcuni, invece, consolavano le mie amiche, le altre orfane. Un omone ci passò davanti, trascinando una delle suore, che inveiva e lottava per liberarsi. Sorella Juliet, una dolce ragazza che era cresciuta nell'orfanotrofio, finché non aveva preso i voti. Urlò quando la sollevò sulla spalla e si inoltrò nella foresta.

«Lasciami andare!» urlai, sforzandomi di battere il pugno il più forte possibile contro la schiena del guerriero. Tuttavia, le mie mani sembravano essersi trasformate in fiori, per l'inesistente danno che facevano al mantello di pelle che indossava o ai forti muscoli della sua schiena.

Fece un grande balzo, e atterrammo appena sopra il muro di confine dell'abbazia. Mi si rivoltò lo stomaco e urlai, ma lui si accucciò e saltò di nuovo, stavolta giù dal muro. Portandomi tra le braccia, quello chiamato Haakon ci tagliò di corsa la strada e si immerse nella foresta. Gli alberi mi bloccavano la vista dell'abbazia, e in un attimo, quella che per tutta la vita avevo considerato casa sparì dai miei occhi.

ULF

Ovunque guardassi, i Berserker portavano donne fuori dal convento. L'incursione era quasi conclusa.

Thorbjorn? Rolf? Chiamai i leader dell'incursione usando il collegamento mentale. L'ultima volta che l'avevo visto, Thorbjorn si stava dirigendo lungo il corridoio, al seguito di una piccola trovatella bionda, quindi ci ritrovammo soltanto col suo guerriero fratello Rolf, in forma di lupo.

Ulf? Sei uscito? gli chiese Rolf.

Abbiamo trovato il nostro fiore, riferii. *Ce l'ha Haakon.*

Bene. Qui sentiamo dell'odore cattivo. Credo sia meglio che andiate via.

Buona caccia, Rolf, gli dissi, proprio quando un forte vento scosse il legame. I legami del branco vennero avvolti da una magia che li strappava e li scollegava.

Accelerai il passo, correndo per raggiungere Haakon e la donna mentre un avvertimento riecheggiava per il legame.

Il sant'uomo ha fatto un incantesimo per chiamare il Re Cadavere. Sta arrivando, andate via!

LAUREL

*I*n quel bosco buio, soltanto il chiaro di Luna illuminava il nostro cammino.

«Eccoci qua, tesoro» mi disse Haakon mentre mi rimetteva a terra. Mi sorrise come se ci fossimo incontrati in una taverna e mi avesse sedotta, invece di irrompere in un santuario per trascinarmi fuori nel bel mezzo della notte.

«Chi siete?» ringhiai. «Cos'è, tutto questo? Perché mi avete presa? Perché siete qui?» tremai, battendo i denti proprio come facevo ogni volta che avevo paura.

Lui si limitò a posarmi un dito sulle labbra.

«Non temere» rispose gentilmente. «Siete al sicuro, ora. Siamo qui per proteggervi.»

«Allora lasciateci stare!» urlai, ricordandomi delle mie amiche terrorizzate.

«Non possiamo. Se lo avessimo fatto, qualcuno davvero malvagio vi avrebbe fatte sue. Sta arrivando proprio ora. Senza il nostro soccorso, avreste perso la vita.»

«Cosa?»

Si alzò un ululato, un suono appartenente a un altro mondo. Un forte vento piombò su di noi, superandoci. Io mi rannicchiai contro il guerriero, nascondendomi nella sua ombra.

«Cos'è stato?» rabbrividii al freddo improvviso, la mia veste non era abbastanza spessa.

«Quel malvagio che vi cerca.»

«Non capisco» non riuscii a trattenermi dallo stringermi a lui.

L'uomo mi accarezzò le braccia, alleviando i miei brividi.

Al suo tocco, il mio corpo si rilassò e mi voltai verso di lui. Torreggiava su di me, il suo petto e le sue braccia muscolose mi facevano sentire piccola, un fiorellino accanto a una quercia . Non avevo mai visto un guerriero simile. Se mi stava dicendo la verità, se avessi potuto fidarmi del fatto che mi avrebbe protetta, allora non avrei mai più temuto nulla. Niente avrebbe potuto mettersi sul suo cammino.

L'ululato si alzò di nuovo, e lasciai che mi tirasse più vicino a sé.

«Come ti chiami?» mormorò, le sue dita trovarono la curva del mio collo e la strinsero piano, tenendomi ferma.

«Laurel.»

«Come il fiore.»

Annuii, con la guancia premuta contro la sua giacca di pelle. Cercai di spingermi via, ma riuscivo soltanto ad alzare la testa. Non mi avrebbe lasciata andare. Qualcosa di duro, però, mi sfiorava il ventre. Feci il possibile per non pensare a cosa fosse, e ignorai la strana sensazione che mi percorse.

Il guerriero mi tolse i capelli dal viso. «Sei mia adesso, Laurel.»

«Non so cosa vuoi da me...» Ero una brava cuoca, e gli uomini del villaggio dicevano che ero bellissima, ma non era un buon motivo per fare incursione all'abbazia. O forse sì?

«Va tutto bene» rispose, mentre il vento scuoteva le chiome degli alberi sopra di noi. Quelle non erano le condizioni di una normale burrasca estiva. Un brivido mi percorse la spina dorsale, l'inquietudine era troppa. Nonostante questo, quando mi aveva detto di volermi tenere al sicuro, gli avevo creduto. Tra le braccia di quell'enorme guerriero, mi sentivo nell'unico punto calmo nel mezzo della tempesta. «Puoi fidarti di me.»

Le sue dita ruvide mi alzarono il mento.

«Io...»

Le mie parole si interruppero quando la sua bocca si lanciò sulla mia.

Il calore mi avvolse, creando un percorso di fiamme che cominciava dalle mie labbra e finiva appena sopra le cosce. Mi aggrappai alle sue braccia muscolose, spingendomi nella sicurezza del suo corpo come se una tempesta interiore mi avesse improvvisamente attanagliata.

«Cos'era?» ansimai, quando il bacio terminò. L'impeto di calore si affievolì un po'; tuttavia, la pulsazione che sentivo tra le gambe fu l'unica cosa che rimase. Quel contatto mi aveva fatto inturgidire i capezzoli, mi aveva arrossato la pelle e mi aveva fatta percorrere da un brivido, mi aveva fatta sentire viva. Non mi ero mai sentita in quel modo, prima.

Volevo provare di nuovo quella sensazione.

«Quello» disse lui, soddisfatto, «è il motivo per cui dovresti fidarti di me.»

HAAKON

*L*e guance della nostra compagna arrossirono. Nonostante la fioca luce della Luna, era evidente che la sua bella pelle color crema stesse bruciando. Avevo voglia di baciarla di nuovo, e vedere quali altre parti del suo corpo sarei riuscito a riscaldare.

Il nemico è in arrivo, parlò Ulf, attraverso il legame. *Non possiamo nasconderla ancora a lungo. Dobbiamo andare.*

Presi la donna tra le braccia. Lei squittì sorpresa, ma avvolse le braccia intorno al mio collo.

«Sarà un viaggio breve, tesoro. Tranquilla.»

Un vento gelido soffiò su di noi, improvvisamente. Laurel si zittì, le sue dita sprofondarono sulla mia spalla. Aveva un profumo dolce, sotto tutto quel cavolo bruciato.

Non stava lottando. Il mio bacio aveva funzionato alla perfezione, facendo risvegliare il suo calore.

Dietro di me, Ulf ridacchiò.

È vero. gli dissi compiaciuto. *Non senti l'odore della sua ecci-tazione?*

Tutto quello che sento è solo cavolo bruciato. Scuotendo la testa, Ulf accelerò il passo. *Restate qui, vado ad esplorare la strada.*

Mi accovacciai in una chiazza di luce lunare per studiare meglio la mia prigioniera. Quando il vento si alzò di nuovo, lei rabbrividì, e la strinsi più forte a me.

«Piccolo tesoro» mormorai, mentre lei stringeva le labbra. La preoccupazione sul suo volto era in contrasto con il suo seducente profumo.

«Il mio nome è Haakon» mi presentai. «Sei al sicuro con me, te lo giuro sulla mia ascia.»

«Le mie amiche, quelle che avete preso... cosa gli succederà?»

«Anche le tue amiche sono al sicuro. Non gli faremo del male.»

Il cuore le batteva all'impazzata. La sua paura mise la bestia in agguato, pronta ad assaporare la sua nuova preda. Le sfiorai la spalla col naso, fermandomi solo quando trattenne il respiro.

Haakon, mi avvertì Ulf.

Solo un morsichino. Girai la testa e le accarezzai l'orecchio con le labbra. Lei si appoggiò al tocco, sospirando in modo appena percettibile. *È pronta, è quasi in calore.*

Non adesso, fratello. Dobbiamo portarla al sicuro.

Una forte raffica scosse gli alberi.

Laurel mugolò.

«Sh» mi rivolsi a lei. «Sei al sicuro, con noi.»

«Non vi conosco nemmeno» rispose lei, nonostante si stesse rilassando tra le mie braccia.

Le accarezzai di nuovo i capelli col naso. «Eppure, noi siamo pronti a morire, per te.»

Il vento si alzò ancora una volta, un lamento che mi fece rizzare i capelli.

«Ma che cos'è?» sussurrò Laurel impaurita, quando si affievolì.

«Il Re dei Morti ti sta cercando. Vuole prendere te e le altre profetesse in mogli. Ma non devi temere: Ulf ed io ti terremo al sicuro.»

C'è qualcosa che non va, fratello, mi disse Ulf, uscendo dagli alberi vicini. Quando lo vide, Laurel si irrigidì dalla paura. Le coprii la bocca poco prima che urlasse.

ULF

*U*n dolore lancinante mi colpì il cuore quando la donna si allontanò da me. Rapidamente, voltai il lato sfregiato dall'altra parte, così che non potesse vederlo.

«Va tutto bene» le disse Haakon. «È soltanto Ulf, il mio guerriero fratello. Non ti farà del male.»

«I rinforzi del Re dei Morti stanno risalendo la strada» gli riportai.

«Come hanno fatto ad arrivare in così poco tempo?»

«Non lo so. Non riesco a mettermi in contatto con gli Alpha o il branco.» Mi faceva male la testa, per quanto ci avessi provato. «C'è della magia nell'aria. Non ho un buon presentimento.»

«Dobbiamo portare al sicuro la nostra compagna.»

Io mi limitai a grugnire in risposta, e cominciai a scegliere un sentiero attraverso la foresta. Haakon mi seguiva, con le braccia piene della donna che aveva scelto.

L'abbiamo scelta entrambi, mi corresse.

Aumentai il passo. *Più siamo lontani dal convento, più siamo al sicuro. Se evitiamo di attirare l'attenzione del Re dei Morti, allora possiamo dirigerci alla montagna che il branco chiama casa.*

Lì diremo all'Alpha che abbiamo trovato la nostra compagna.

Ci sono molti Berserker che hanno bisogno di compagne.

Loro hanno trovato la propria all'abbazia. Questa è nostra, puntualizzò Haakon.

Di nuovo quel dolore al cuore. Mi ero rassegnato all'idea di non potermi permettere una compagna, di avere una possibilità di reclamarne una, la più piccola delle speranze dava più dolore che nessuna.

A meno che non ti piaccia?

Mi piace abbastanza. Mi guardai bene dall'esprimere i miei pensieri, per evitare che il mio fratello guerriero si accorgesse della mia riluttanza. Meglio non prendere mai una compagna, piuttosto che essere costretto a vederla distogliere lo sguardo dal disgusto per il resto dei miei giorni.

È rotonda e calda, sarà piacevole durante i lunghi inverni.

Sempre se non prova a farci il bagno nel brodo di cavolo.

Possiamo punirla, in quel caso. Il tono impaziente di Haakon mi avrebbe fatto ridere, se tutto ciò che avevamo intorno non stesse diventando più scuro, come se la magia del Re dei Morti avesse portato via tutta la luce della Luna. *Hai sentito il suo profumo fin dall'inizio. La vuoi, ammettilo.*

Molto bene, sospirai. *Questa è nostra.* Mi sarei tenuto a distanza e avrei lasciato che Haakon la reclamasse: forse questo sarebbe stato sufficiente a soddisfare la maledizione.

Bene, disse compiaciuto Haakon, prima di aggiungere, con tono più serio, *Adesso corriamo in salvo.*

Come un tutt'uno, ci demmo una mossa. Poche cose possono superare un Berserker, perciò mettemmo diverse leghe di distanza tra noi e l'abbazia aggirando cespugli e alberi. Raffiche di vento strappavano violentemente le cime degli alberi sopra di noi, facendo piovere foglie e rami sul terreno.

La nostra compagna gridò, e subito rallentammo.

«Non possiamo andare avanti» urlò Haakon a causa della tempesta che copriva la sua voce.

Dobbiamo trovare un riparo, concordai.

Chi è questo mago, che può controllare il tempo?

Gli abbiamo portato via qualcosa, qualcuno che lui apprezza più di tutti. La ragazza si aggrappò ad Haakon, i suoi capelli scuri appiccicati alla pelle chiara. Le sue curve, coperte dal vestito bagnato dalla pioggia, erano meravigliose, belle come la dea a cui appartenevano.

Leggendomi nel pensiero, Haakon strinse più forte la nostra compagna. *Non ce la porterà mai via.*

Da questa parte. Mi lanciai lungo il sentiero. Piovevano rami e foglie, scaraventati sul terreno dal vento come proiettili. Haakon e io correvamo veloce, scansando rami e saltando sugli alberi caduti. I tronchi delle grandi querce scricchiolavano, gli alberi gemevano e ondeggiavano come se stessero per cadere giù.

Il vento ne strappò uno e lo scagliò sul nostro cammino con un gran fracasso. Haakon riuscì a malapena a schivarlo.

Ulf, portaci fuori di qui!

Le pietre davanti a noi brillavano. *Da questa parte: c'è una strada.*

Feci un passo fuori dal riparo del bosco, e il vento smise immediatamente di soffiare. *Haakon, aspetta.* La strada era stranamente silenziosa, come se avessimo raggiunto l'occhio del ciclone. *C'è qualcosa che non va.*

Un costante rumore di passi mi giunse alle orecchie e mi lanciai a terra.

I Grigi. Nasconditi, presto!

Haakon si lanciò sul terreno, tenendo stretta a sé la donna mentre un'enorme orda dei servitori puzzolenti del Re dei Morti avanzava.

«Rimani in silenzio» disse Haakon alla donna, coprendole

la mano con la bocca per dare più forza al suo ordine. Gli occhi di lei erano spalancati dalla paura. «Queste sono le forze del Re dei Morti, Uomini Grigi resuscitati dalla morte, intrisi di magia per eseguire gli ordini del mago. Se ci trovano, potrebbero rapirti. Ce ne sono troppi per combatterli.»

Marciarono vicino al luogo in cui giacevamo, ranghi su ranghi di quelle creature, appena risvegliate dal sonno eterno. Con la loro pelle pallida e gli occhi vuoti, non c'era modo di scambiarli per esseri non malvagi.

La donna nascose il volto contro il petto di Haakon.

Il Re dei Morti ha fatto presto a mandare i rinforzi.

Usa la sua magia per combatterci. È disperato.

Non appena i Grigi ci superarono, il vento si alzò di nuovo.

Presto. Strisciai all'indietro e Haakon fece lo stesso, finché non potemmo rialzarci con sicurezza e correre verso il punto da cui eravamo venuti.

Dirigiamoci verso le colline. I Grigi si muovono con molta facilità sulla strada.

Più lontano ci spingevamo dal punto in cui li avevamo visti, più la tempesta imperversava. Ci sforzammo di arrampicarci sulle colline boscose, accovacciandoci al riparo di grandi massi quando il vento diventava troppo forte.

Proseguiamo, oltre il crinale. Possiamo trovare rifugio in un burrone.

Quando uscimmo dalla foresta, gli alberi non potevano più proteggerci dal vento selvaggio. Un mormorio oscuro riecheggiava intorno a noi, come se lo stregone parlasse attraverso la tempesta. Il vento mi sferzava la pelle, le mie membra divennero pesanti. Le gambe si muovevano lentamente, come se la nebbia che ci circondava fosse fango. Quando mi misi le mani sulle orecchie, parte della mia energia tornò a darmi un aiuto.

Un altro incantesimo! avvertii Haakon.

Dietro di me si stava piegando in due contro le raffiche in arrivo che lo spingevano come la mano di un gigante. Lo afferrai prima che ruzzolasse tra le rocce.

Prendila, rantolò.

Sei sicuro? Ma lei era già tra le mie braccia, tutta tremante. L'ululato intorno a noi aumentava mentre io avanzavo barcollando, i miei piedi si aggrappavano al terreno in salita. Dei massi ci circondavano, rendendo l'ambiente simile a un cimitero di giganti. Eravamo arrivati in un luogo collinare, completamente sotto il Cielo. Non c'era da stupirsi che il Re dei Morti avesse potuto raggiungerci.

Haakon? Non riuscivo a sentirlo a causa del tempo. Neanche il legame fraterno poteva resistere all'incantesimo del Re dei Morti. Cercai di raggiungere Haakon e il branco ma nulla: ero solo.

Mille api sembravano ronzarmi nella testa, come quando la strega mi aveva trasformato in Berserker.

Scossi la testa per alleviare il frastuono.

«Cosa sta succedendo?» piagnucolò la donna tra le mie braccia.

«Sh...» le dissi, stringendola più forte a me. Un lampo illuminò il Cielo e lei urlò. Le sue mani morbide mi spinsero. Aveva visto il mio viso sfregiato e si era fatta prendere dal panico?

Barcollando ancora, la misi giù. Lei si allontanò da me, il suo abito si strappò incastrandosi tra le rocce intanto che correva. Non aveva visto il bordo del burrone?

«No!» urlai. Per un attimo, lei esitò, ondeggiando sulle rocce. «Vieni qui da me» le dissi, allungando una mano verso di lei. Mi ricordai troppo tardi di dovermi coprire le orecchie con le mani per ritrovare la mia forza da Berserker. Il mio corpo si mosse attraverso l'aria come acqua.

Laurel indietreggiò, con il terrore sul volto. La voce del mago tormentava anche lei?

«No!» Haakon si precipitò in avanti, superandomi.

Troppo tardi.

Laurel scivolò dal bordo delle rocce e cadde urlando, di schiena, nella nebbia.

LAUREL

L'ululato mi invase la testa, il corpo, i polmoni ansimanti, riempiendomi di orrore fino ad annegare.

«Fallo smettere!» implorai, ma il vento mi tolse il respiro.

Un fulmine illuminò il pianeta e io urlai. Il bel guerriero che mi stringeva si trasformò in un mostro dal volto sfregiato: il lato sinistro ancora saldo come quello di un giovane uomo robusto, il destro si sciolse come sego lasciato troppo vicino al fuoco.

Mi aggrappai alle braccia che mi circondavano, larghe e malvagiamente forti. Mi liberai e lottai all'indietro attraverso il vento. E poi...

Il terreno sotto i miei piedi scivolò via. L'ululato si fermò. Caddi, il vento mi sfrecciò accanto. Era arrivata la notte, ma una magia malvagia aveva oscurato la luce della Luna. Qualcuno stava urlando, la voce risucchiata nel vuoto. Le mie mani agguantarono l'oscurità. Nemmeno le stelle sarebbero state testimoni della mia morte.

Qualcosa colpì il mio corpo, grande e solido come un masso, ma caldo. Un angelo?

Un grugnito, e il grande essere nero si avvolse intorno a me, proprio mentre colpivamo la terra.

Dolore. Il mio corpo risuonava del colpo, le mie membra intorpidite dall'aria fredda e dalla caduta.

Ero morta?

I miei polmoni sconvolti si riempirono d'aria. Altro dolore, ma un dolore buono e vivo.

Rotolai via dal terreno morbido dove ero atterrata, sentendomi le braccia. La testa mi pulsava, un po' di sangue mi colava sulla gamba nuda. Il mio abito era strappato, sporco, ma illeso. Ero sopravvissuta.

Alla base della scogliera, l'aria era limpida. La Luna e le stelle brillavano come se non fossero mai state cancellate. Il dirupo torreggiava sopra di me, scuro e incombente come se potesse cadere e schiacciare tutto ai suoi piedi. Ero inciampata e caduta dal ciglio, alto come un nido d'aquila sopra di me.

Come potevo essere viva?

Un gemito squarciò la calma. Una forma nera giaceva dove ero caduta, una massa contorta sulle rocce.

«Oh no.» Caddi in ginocchio, la nausea mi invase. Qualcuno mi aveva presa a mezz'aria. Non un angelo. Un uomo. Fissai le prove maciullate.

«Ooooh» gemette di nuovo. Sembrava essere vivo. Ma non era possibile.

Mi avvicinai al moribondo, cercando nella memoria il suo nome.

«Haakon?»

«Oh, amore» gemette col respiro affannoso. «La prossima volta che vogliamo ballare facciamolo lontano dall'orlo di un precipizio.»

Mi lasciai sfuggire un piccolo singhiozzo.

«Stai bene?» chiese lui.

Il mio corpo pulsava come se fossi stata picchiata, ma

niente sembrava rotto, o addirittura insanguinato. A differenza di lui. «Sono... viva. Ma tu... siamo caduti. Come...» La parete rocciosa a strapiombo ci fissava entrambi. «Come siamo sopravvissuti?»

«Ti ho presa» ha sussurrato. «Ho attutito la tua caduta .»

«Oh no...»Le mie mani svolazzarono sul suo corpo senza trovare un posto dove posarsi. Il guerriero giaceva contorto sul terreno pietroso, con un liquido denso e scuro che filtrava da sotto la sua forma spezzata. Sangue. Così tanto sangue. Non potevo ripararlo.

«Mi dispiace» ansimai. «Mi sono fatta prendere dal panico...»

«Non è stata colpa tua. Il vento...»

«Ora non c'è più.» L'ululato ultraterreno era caduto in silenzio. Il Cielo notturno sembrava essere tornato normale, l'aria era fresca mentre cadeva una pioggia leggera.

«Ora sei al sicuro.» Haakon mi prese la mano e la strinse con una forza sorprendente. Il calore mi attraversò al suo tocco. Sbattei indietro le lacrime, in ginocchio, piangendo per quest'uomo che conoscevo appena.

Un dito spazzò via l'umido dalla mia guancia? «Perché sei così triste, ragazzina?»

«Sei ferito» dissi, senza fiato. Non riuscivo a dirgli che stava morendo. «È colpa mia. Ho corso...»

«Certo che l'hai fatto. Non abbiamo avuto la migliore delle presentazioni.» Un sorriso storto tra le smorfie di dolore balenò sul suo volto .

La mia risata ruppe il muro di tensione nel mio petto. L'uomo distrutto davanti a me doveva essere pazzo a scherzare in un momento come questo.

«Non preoccuparti» disse. «Me la caverò. I Berserker sono sopravvissuti a cose peggiori.»

Un pazzo, quindi. Mi avvicinai e gli asciugai un po' di sangue sul viso con il bordo del mio abito.

«Se ferirmi porta tanta cura, sarei caduto prima da qualche precipizio» scherzò con le labbra insanguinate.

«Sh. Non parlare ora. Risparmia le tue forze.» Era un miracolo che riuscisse a parlare. Tenni gli occhi fissi sul suo viso invece che sul suo corpo contorto.

Rimase in silenzio mentre le mie dita e l'acqua piovana lisciavano via le macchie di sangue, ma girò la testa una sola volta per baciarmi le dita giocosamente. Soffocai una risata scomposta. Chi era questo guerriero che scherzava di fronte alla morte e ad un forte dolore? Il nostro combattimento nell'abbazia sembrava passato da secoli, e in qualche modo non riuscivo a odiarlo.

Quando il sangue fu quasi del tutto sparito dalla sua faccia, mi sedetti.

«Grazie, piccola.»

«Vorrei poter fare di più.»

Trasalii quando un colpo di tosse scosse il suo corpo, il suo viso contorto dal dolore. La fine sarebbe arrivata presto. Avrei dovuto dire una preghiera. Le nuvole si erano aperte, e la Luna uscì fuori, facendomi sussultare.

Era un trucco della luce, o i tagli sul suo viso si erano chiusi?

«Haakon!»

Saltai al grido dall'alto.

«Ecco l'aiuto» disse Haakon. «Stai calma.»

Un secondo dopo, il guerriero sfregiato scese, scalando la scogliera, trovando appigli per i piedi e per le mani sulla roccia scivolosa con la sola luce della Luna a fargli da guida. A molti metri da terra si tese e si gettò giù. Trattenni un grido, ma lui atterrò agilmente in piedi e si avvicinò a noi.

Il corpo di Haakon era ancora contorto, ma la ferita sulla testa era guarita. Lo fissai e lui mi fece l'occhiolino.

«Cosa siete?»respirai.

«I tuoi salvatori» la voce lugubre di Ulf mi fece accapponare la pelle. Si inginocchiò al fianco di Haakon. Si guardarono in silenzio, proprio come se stessero comunicando.

Mi strinsi tra le braccia, tremando più per la preoccupazione che per il freddo.

Ulf si voltò a guardarmi. «Vieni, piccola. Potresti anche aggiustare quello che hai rotto.»

Lo fissai mentre Haakon rideva, tossì e disse: «Lei non sa di cosa parli, fratello.»

Il volto sfregiato non aveva compassione per me. «Entrambe le gambe di Haakon sono rotte. Probabilmente anche la sua schiena. Dove ti fa male?» L'ultima domanda era per Haakon.

«Ovunque.» Haakon sorrise e fece una smorfia allo stesso tempo.

«Cerca di non muoverti. Dobbiamo raddrizzare le tue gambe prima che guariscano storte.» Ulf si alzò e camminò intorno al guerriero prono, facendo il punto della situazione. Il sangue macchiava il terreno roccioso intorno ad Haakon. La sua giubba era strappata, lacerata e umida di sangue. In un determinato punto, la pelle lasciava spazio a un lampo di bianco che sarebbe potuto essere un osso.

Stringendomi lo stomaco, mi allontanai.

«No» mi ringhiò Ulf, e io mi bloccai come un coniglio di fronte a un lupo.

Haakon afferrò il braccio del compagno. «Non spaventarla!»

Ulf tirò fuori un coltello e tagliò via la giacca insanguinata di Haakon. In pochi secondi, la pelle giaceva a brandelli intorno al corpo brutalmente spezzato di Haakon.

Maledicendo, Ulf mise una mano sul fianco di Haakon. «Tieniti forte» disse burberamente. «Devo spingere la costola indietro.»

Una pausa stentata e Haakon annuì, poi ruggì mentre Ulf spingeva l'osso sporgente al suo posto.

Quando ebbe finito Haakon ansimò, il viso pallido dal dolore. La costola non sporgeva più, ma il suo petto sembrava come di carne. Mi coprii il viso con le mani, ma scrutai attraverso le dita, incapace di distogliere lo sguardo.

«Non stare lì impalata» mi disse Ulf di scatto. «Aiutami.»

Feci un passo indietro.

«Sei stata tu a fargli questo, maledetta...»

«Ulf. No. Lei è la nostra compagna.» Haakon afferrò la mano dell'amico e la lasciò cadere, troppo debole per fare di più.

«Cosa posso fare?»squittii. Era colpa mia se quell'uomo soffriva così tanto. Sulla scogliera volevo ciecamente scappare, ma se avessi saputo quale sarebbe stato il prezzo da pagare avrei aspettato il momento giusto.

«Dobbiamo sistemargli la gamba» Ulf si alzò per accovacciarsi più in basso sul corpo di Haakon. Toccò il ginocchio di Haakon e il guerriero sofferente fece una smorfia. «Dovremmo aspettare che la sua schiena sia guarita. Ma a quel punto dovremo rompere di nuovo le ossa che si sono unite male. Riesci a sentire i tuoi piedi?»

«Sì» Haakon chiuse gli occhi. «Fallo e basta.»

«Va bene.» Ulf si spogliò della propria giubba e si riposizionò in ginocchio di fronte ad Haakon. «Grida quanto vuoi. Non c'è bisogno di fingersi coraggiosi.»

Haakon rispose con una serie di imprecazioni che paragonavano il guerriero sfregiato a un coniglio castrato.

Il suo coraggio mi chiamò al suo fianco.

«Devo rimettere a posto la gamba» mi disse Ulf. «Altrimenti guarirà in questo modo.»

Annuii.

«Stai per svenire?» La voce dura di Ulf corrispondeva allo sguardo sul suo volto.

Scossi la testa. «Farò finta che sia un taglio da macellaio.»

Le sopracciglia di Ulf si alzarono, ma Haakon rise, un

suono doloroso e stridulo. «Brava ragazza. Sei più coraggiosa di molte altre. Inoltre, mi sento già come un pezzo di carne.»

«Va bene...» Ulf si inginocchiò, appoggiando le mani insanguinate sulla gamba. «Facciamola finita. Afferra la sua caviglia, ragazza.»

«Laurel»lo corressi. «Il mio nome è Laurel.»

Haakon ansimò di nuovo, quasi una risata. «Ha la lingua lunga.»

«Preferirei si limitasse ad obbedire.»

«Non sono molto brava a obbedire, temo.» Il mio animoselvaggio mi fece parlare prima ancora di poter capire cosa stessi dicendo. «Se avessi voluto una ragazza docile, avresti dovuto lasciarmi in cucina e portarti via qualcun'altra.»

ULF

$\mathcal{L}$a donna mi guardò male. Qualcosa tremolò nel suo odore, rabbia mista a qualcosa di intrigante. Era quasi sufficiente a distogliere i miei pensieri dalla puzza di sangue.

Quasi.

Girai la testa, cercando con tutte le mie forze di non pensare a quanto la Bestia dentro di me volesse alzare la testa, annusare carne fresca.

Nessuna carne, dissi a me stesso.

Va tutto bene, fratello. Sistemami rapidamente l'osso e lasciami guarire mentre vai a caccia. Avrò abbastanza fame da mangiare un cinghiale. Anche nella mia mente, la sua voce era tesa dall'agonia. *La nostra nuova compagna può cucinare.*

«Inginocchiati qui» ordinai a Laurel, facendole prendere posto ai piedi di Haakon. Lei obbedì immediatamente, le macchie di colore sulle sue guance pallide tradivano le sue emozioni contrastanti.

Avrei voluto farle venire delle bolle sul sedere, ma non tanto quanto avrei voluto costruire una torre gigantesca per tenerla al sicuro da ogni male. Forse l'avrei sculacciata fino alle lacrime, poi l'avrei abbracciata e le avrei detto che sarebbe andato tutto bene.

Dovresti sculacciarla, Haakon ansimò. *Voglio guardare.*

Dopo, fratello, promisi, e feci un cenno a Laurel, che teneva la caviglia di Haakon. «Tienila dritta. Al mio tre. Uno, due...» Scossi la gamba prima che Haakon potesse tendersi.

«Ah!» gridò Haakon. «Oh, bastardo schifoso...» le imprecazioni sgorgarono dalle sue labbra, una descrizione colorita di come avrei potuto infilare il mio pene nel mio stesso culo. Lo lasciai sbollire mentre controllavo la sua gamba. L'arto era ancora in frantumi, la pelle lacerata, ma almeno era dritto.

«È finita, fratello» gli dissi.

Laurel si alzò, asciugandosi il sangue sulla veste. Aveva bisogno di un nuovo vestito.

Si fece pallida. «Sopravviverà?»

«Mio fratello è forte. Sopravviverà» dissi con forza. Ed era la verità. Poche cose possono uccidere un Berserker. Ma mutilazioni e ferite... quelle erano cose diverse. Il mio volto ne era la prova.

Aspettai un suo cenno prima di guidarla a tornare indietro.

Ho sete, fratello, disse Haakon. Sganciai la mia borraccia e la porsi a Laurel.

«La tua balia» dissi ad alta voce, e spinsi Laurel in avanti.

«Ed è così carina» disse Haakon in tono roco. «Purché non mi dia da mangiare cavoli.»

«Non darei mai da mangiare a nessuno stufato di cavoli» disse lei, ancora in piedi stringendo la borraccia.

«No? Allora perché farne così tanto?» non riuscii a trattenermi dal chiedere.

«Il frate odiava l'odore. Lo costringeva a lasciarmi in pace.» I suoi occhi restarono ancorati al terreno mentre parlava.

Le mie mani si strinsero immediatamente in pugno.

«Il frate ti dava spesso fastidio?» Chiese Haakon.

«Non se avevo carne o altro cibo per tentarlo. Il cavolo aiutava a tenerlo lontano. Le mie amiche non sono state tutte così fortunate.»

Un ringhio animale uscì dalle mie labbra. Laurel trasalì e si avvicinò ad Haakon.

Piano, fratello, Haakon ammonì.

Devo uccidere questo frate.

Se qualcuno dei nostri fratelli ha trovato l'uomo che ha fatto del male alle nostre spose, allora è già morto. In caso contrario, torneremo e lasceremo il suo corpo per i ratti.

Haakon cercò di sorreggersi sulle braccia e gemette.

Strappando la borraccia dalle mani di Laurel, mi inginocchiai accanto ad Haakon e lo feci bere. «Devi riposare. Mi assicurerò che i nostri nemici non si avvicinino.»

Non appena ebbe finito di bere, mi allontanai di nuovo, con la Bestia che mi attanagliava la mente. L'odore del sangue fresco aleggiava nell'aria, ma invece di riempirmi di umana compassione, mi fece soltanto venire fame.

Haakon mi guardò andare via con occhi dorati. Sapeva che il pericolo, la follia dei Berserker che ci perseguitava, ci rendeva meno che uomini. Non era sicuro per me rimanere mentre mio fratello guerriero era così debole.

Ma forse non era sicuro per me nemmeno andarmene.

Ulf, se il nemico arriva...

Farò tutto quello che posso per assicurarmi che non ci trovino. Anche se dovessi usare me stesso come esca.

Sono un'esca migliore, fratello. Dovresti prendere lei e lasciare me.

«Mai. Non ti lascerò. Laurel può vegliare su di te. È colpa sua, se sei qui.» Sembravo più arrabbiato di quanto volessi. Non era colpa della donna se ci temeva. Le donne scappavano spesso da me.

Le insegneremo a non avere paura, , Haakon disse. *Un giorno, non lontano, correrà verso di noi. Noi glielo insegneremo.*

*Quando starai bene,*accettai, girandomi per andare via.

«Aspetta!», chiamò la donna.

LAUREL

Il guerriero sfregiato girò sui suoi stessi passi per guardarmi, ed io immediatamente feci un passo indietro per allontanarmi dal suo sguardo.

«Come faccio a prendermi cura di lui»"

L'uomo a pezzi ansimò dietro di noi. Qualsiasi altro uomo sarebbe morto per le ferite, e io con lui.

«Tienilo a suo agio. Più che puoi.» Ulf sganciò una piccola borsa dalla sua cintura. «Tieni. C'è della carne secca lì dentro.»

«Non so se dovrebbe mangiare...»

«Non per lui. Per te. Mangia e bevi se devi, per mantenerti in forze.» Il suo sguardo mi passò sopra, sprezzante, anche quando si soffermò sulla mia scollatura. Avvolsi le braccia intorno al mio corpo tremante. Il mio vestito bagnato era quasi traslucido.

Con un'imprecazione, Ulf mi porse un secondo sacchetto. «Ecco la pietra focaia. Accendi un fuoco. Uno piccolo. Tornerò quando saprò che questo posto è al sicuro dai nostri nemici. Ma poi dovrò cacciare e procurare della buona carne succulenta per Haakon.» Il suo stesso stomaco brontolò, e io feci un passo indietro.

Lui mi prese il braccio. Lo stesso potere che avevo sentito nel tocco di Haakon mi sfrigolò dentro, si stabilì nella zona dei miei fianchi. Il mio corpo si appoggiò a lui prima che potessi fermarlo.

«Ho la tua parola che non scapperai?» chiese.

Lo fissai. Angolò la testa in modo che il lato intatto del suo viso riempisse la mia visione. Le sopracciglia scure e la mascella di granito erano quasi belle.

Dovetti leccarmi le labbra per rispondere. «Se lo facessi, non riuscirei a sopravvivere a lungo in questa terra selvaggia.»

«Promettimi che non lo farai» ordinò.

Non potevo prometterlo. Dovevo fuggire. «Dove mai potrei andare? Sono un'orfana. Non ho mai lasciato l'abbazia neanche di notte. Non credo che riuscirei a sopravvivere.»

Il suo volto si ammorbidì un po'. «Ci prenderemo cura di te. Veglia su di lui. Tornerò presto.»

«Dimmi una cosa» chiamai di nuovo prima che potesse sparire nell'oscurità. «Le mie amiche, le altre, sono uscite sane e salve?»

«Non lo so. Non posso raggiungere il branco. Sono sicuro che qualcuna l'ha fatto.»

Sussultai.

«Meglio concentrarsi sul nostro, di destino.» Fece un cenno ad Haakon. «Occupati di lui, piccola combattente.»

«Ma...» Cominciai, e caddi in silenzio quando Ulf mi prese le spalle e mi girò di fronte al guerriero sofferente. Erano i miei occhi, o il suo petto insanguinato scendeva più piano?

Quando mi voltai, Ulf non c'era più.

«Vieni qui, piccola» tossì Haakon. Per quanto ne sapevo,

era la richiesta di un moribondo, così mi avvicinai e mi inginocchiai. Lui mi raggiunse e io gli presi il braccio.

«Non mi prendere in braccio!» lo rimproverai. «Non devi muoverti. Peggiorerà le tue ferite.» Ferite che sembravano chiudersi davanti ai miei occhi, il suo corpo gigantesco che si trasformava e si riannodava. Aveva ancora un aspetto molto brutto. Deglutii e gli tenni la mano il più delicatamente possibile.

«Desideri altra acqua?»

«No» disse, stringendomi la mano. «Siediti con me, per favore.»

Mi accovacciai vicino a lui, tenendo gli occhi sul suo viso per non dover guardare quel disastro che era il suo corpo. «Perdonami» dissi di nuovo. «Non ho mai avuto l'intenzione di causarti un tale danno.»

«È stato un incidente» rantolò. Il sudore gli imperlava la fronte. Vi posai sopra la mano.

«Stai bruciando...» Il mio stomaco ribolliva. Se era già arrivata la febbre, la morte l'avrebbe sicuramente seguita. «Vorrei sapere quali erbe potrebbero aiutarti...» Le mie sorelle orfane conoscevano meglio le arti curative, mentre io sapevo solo come preparare un pasto nutriente.

«Non è la febbre. È il potere della guarigione.»

Guardai con stupore come una gigantesca ferita molto aperta sulla sua gamba si richiudeva lentamente, diventando una grande piaga lucente. «Cosa sei?» respirai.

«Pericoloso» disse lui. «Nessuno che vorresti incontrare in una notte buia. A meno che tu non sia la mia vera compagna» alzò un sopracciglio verso di me, come se si aspettasse che lo sfidassi.

Lasciai andare la sua mano, senza però allontanarmi dal suo fianco.

«Perché sei venuto all'abbazia?»

«Hai visto quelle forze, i soldati.»

«Le Guardie Grigie.» Rabbrividii. La mia amica Hazel aveva già parlato di loro. Pensava che il frate li avesse assunti per sorvegliare l'abbazia. Le creature che avevo visto sulla strada assomigliavano meno ad uomini e più a morti che camminano.

«Uomini Grigi, sì. Hai sentito quel vento?»

Annuii.

«Era una maledizione.»

«Perché qualcuno dovrebbe cercare di maledirti?»

«Non me. Te.»

«Io? Perché? Sono un' orfana. Non ho niente!»

«Non è quello che hai, ragazza,» tossì Haakon, «ma quello che sei.»

Presi a mordicchiare il labbro, volendo chiedere di più. Il volto del guerriero si distorse dal dolore mentre tossiva di nuovo. Aspettai che lo spasmo passasse per lisciargli i capelli folti e bagnargli le labbra con l'acqua. Mi lasciò fare, quasi sorridendo quando mi chinai su di lui e il mio seno gli arrivò a pochi centimetri dal viso. Non protestai. Qualsiasi cosa per aiutare quell'uomo sofferente. Ignorai la calda eccitazione che mi riempì di colpo.

Haakon fece un respiro profondo. «La tua amica Hazel ci ha mandato a salvarti.»

«Hazel?» Mi misi a sedere dritta. «Conosci Hazel?»

«L'ho vista. Vive al sicuro nel branco con il suo compagno. Ci ha parlato dell'abbazia.»

«Pensavo fosse morta. Pensavo che il frate l'avesse uccisa...» sussurrai. Il mio cuore si contorceva ancora, ricordando il dolore per la scomparsa della mia amica. Poteva davvero essere viva e al sicuro tra i guerrieri? Questo guerriero avrebbe potuto mentirmi? «Perché non è venuta? O mandato notizie?»

«Non era sicuro. E non c'era tempo. Siamo venuti subito

a salvarvi. Non potevamo rischiare che il frate avvertisse il suo padrone.»

«Il suo padrone? Lui serve Dio.»

«Non più. Ha fatto un incantesimo per chiamare il suo signore, il Re dei Morti.»

«Perché lo chiami così? Re dei Morti.»

«È ciò che fa la sua magia. Anche i morti gli obbediscono. Sono i suoi servi.»

Rabbrividii. «La necromanzia è malvagia.»

«Beh, il Re dei Morti è malvagio. E non si fermerà finché non avrà ridotto in schiavitù il maggior numero possibile di voi e delle vostre amiche.»

«Perché noi?»

«Tu sei speciale, piccolo tesoro...» La sua mano afferrò di nuovo la mia, stringendola forte.

«In che senso?»

«Siete di una razza di donne la cui magia scorre in profondità.»

Mi ritrassi, ma non riuscii a liberare la mano. «Non sono una strega. Sono una brava ragazza.»

«Non sei una strega, infatti. La loro magia è contaminata. Tu sei pura.»

«Non capisco…»

«Capirai.»

Haakon tossì ancora, e quella volta il sangue si riversò da un angolo della sua bocca. Strappai il bordo del mio vestito e lo bagnai, asciugandolo. «Devi stare tranquillo e guarire.»

Girò la testa e mi morse la mano. Una freccia di calore mi attraversò, arrossandomi le guance, immergendosi tra i miei seni e scaldandomi le natiche.

Per nascondere la mia reazione, mi voltai e sospirai. «Suppongo che tu non sia abituato a prendere ordini.»

«Ti prego, non lasciarmi.»

«Non lo farò. Ma devi bere e riposare.»

Portai la borraccia alle sue labbra e lui alzò la testa per bere prima di sdraiarsi con un rantolo e un sospiro. Il sudore gli imperlava la fronte e io lo asciugai.

«Meno male che abbiamo te,» gracchiò, «altrimenti toccherebbe a Ulf curarmi. È più probabile che mi butti giù da un'altra scogliera.»

Trasalii alla battuta. «Mi dispiace tanto...»

«Non ti preoccupare, ragazza. Me la caverò» disse, accarezzandomi il braccio. Avrei dovuto essere io a consolare lui, non il contrario.

«Ulf porterà della carne, e la magia mi guarirà.»

«Non dovresti mangiare carne. Se avessi una pentola, riuscirei a farti del brodo. Cucinare è sempre stato il mio compito nell'abbazia.»

«A patto che tu non mi dia da mangiare cavoli. Ulf ti procurerà quello che ti serve, insieme a un nuovo indumento. Qualcosa di più robusto, anche se ne preferirei uno fine e trasparente come questo.» Mi fece l'occhiolino.

Io strinsi le labbra.

«Ti ho offesa, piccola?»

«È solo che non mi sembra appropriato che tu faccia commenti sul mio stato di abbigliamento.» Tirai il mio vestito il più in basso possibile sulle gambe, ma parte delle mie caviglie e dei miei polpacci restarono comunque scoperti.

«Appropriato?» ripeté lui, sorridendo. «Ti sembra appropriato, invece, essere entrati in casa tua? Rubarti nel bel mezzo della notte?»

«Beh, no, ma non avevo intenzione di parlarne.»

«È inappropriato parlare del tuo rapimento con i tuoi stessi rapitori?»

«Ti stai prendendo gioco di me» dissi, assottigliando gli occhi.

«Assolutamente no! Oh, andiamo, piccola. Il peggio è già accaduto. Perché non ridere?»

«Hai uno strano senso dell'umorismo...»

Haakon cominciò a rispondere, ma di colpo si fermò, il dolore a bagnargli il volto.

«Haakon? Cosa sta succedendo?»gli chiesi, facendomi più vicina.

«Non è niente. Solo la guarigione» la sua voce era nient'altro che un sussurro.

«C'è qualcosa che posso fare?»

«Solo stare con me, piccola. Questo è sufficiente.»

Presi a torcermi le mani, desiderando di potergli dare qualcosa per il dolore. Lo spasmo passò e lentamente il guerriero si rilassò. Cercai qualcosa da dire, un argomento che non portasse a una discussione sul mio rapimento o sulla possibilità della morte di Haakon.

«Come avete fatto tu e Ulf a viaggiare insieme?»

«Siamo legati. La magia ci aiuta. Condividiamo pensieri, sentimenti, idee.»

Come sarebbe, condividere i pensieri del mio cuore con un'altra persona? Con un uomo? Arrossii, e Haakon fece una smorfia.

«Non in quel senso, ragazza. Ci siamo uniti per cercare una donna»sottolineò.«Una che possa liberarci dalla maledizione. Quando la troveremo, la reclameremo insieme.» L'intensità della sua voce mi fece arrossire. Volevo mettermi le mani sul viso per nascondere le guance. Due uomini, insieme?

«Dovrei accendere un fuoco» dissi,cominciando ad alzarmi, ma Haakon mi fermò.

«Ti prego. Resta. Mi riscaldi meglio di qualsiasi fiamma.»

Il suo tocco fece lo stesso con me, ma non ne parlai. Invece, mi sistemai accanto a lui. Quando misi la mia mano sulla sua, lui si rilassò.

«Resterò qui, se ti riposerai.»

«Mi riposerò se mi racconterai una storia.»

«Quale storia? Non ne conosco molte.» Le storie raccontate dalle suore avevano lo scopo di metterci in guardia dalle conseguenze del peccato. In qualche modo non pensavo che questo guerriero si preoccupasse di vivere una vita casta e devota.

«Parlami di te.»

«Di me? Non c'è molto di interessante, in me.»

«Non sono d'accordo.» Il suo sguardo scuro mi fece fremere le viscere.

«Ho vissuto tutta la mia vita nell'abbazia. Non ho mai conosciuto la mia famiglia.»

«Cosa ti piace fare?» mi chiese quando tacqui.

«Lavoro in cucina.»

«E ti passi il tempo a cucinare cavoli.»

«Non solo cavoli» sorrisi. «Faccio il pane, torte al miele, brodi.»

«Carne?»

«Quando si può avere. Le suore e gli orfani raramente ricevono cibo così buono.»

«Ti piace la carne?» Gli occhi di Haakon erano luminosi, e con tutto il mio cuore sperai che fosse per l'interesse e non per la febbre.

«Mi piace.»

«Quando mio fratello guerriero tornerà, andrà a caccia per noi. Ti daremo da mangiare carne ogni giorno» promise.

«Cosa ti piace mangiare di più?» chiesi.

«Il cinghiale.»

«Mmm…» Mi venne l'acquolina in bocca. Chiusi gli occhi e cercai di ricordare il boccone di cinghiale arrosto che avevo mangiato prima di servire il piatto al frate e ai suoi ospiti. «Io arrostirei la carne, o lo farei fare al tuo fratello guerriero Deve essere cotta lentamente, magari con del legno di mela sul fuoco per aggiungere sapore.»

«Vai avanti, ragazza» disse Haakon con riverenza. Mi

rilassai. Un uomo a cui piaceva il cibo non poteva essere troppo mostruoso.

«Se Ulf trova del legno di mele, potrebbe anche trovare delle mele precoci. Posso affettarle con zucchero e spezie e fare un budino. Oppure cercare cipolle selvatiche, porri e aglio e arrostire anche quelli.»

«Lascia i porri ai conigli. Vorrei saperne di più sulla carne.» Al mio sopracciglio alzato, aggiunse: «Per favore.»

Soffocando una risata, continuai. «A proposito di coniglio, se Ulf ne porta un po', posso fare uno stufato...»

* * *

La Luna era alta, e la mia gola si era fatta rauca per aver parlato troppo per quando il respiro di Haakon si calmò.

Mordendomi il labbro, mi alzai, facendo una smorfia per il formicolio al piede. Il resto del mio corpo era rigido e dolorante, ma non mi lamentai. Non quando un grande guerriero giaceva a terra, soffrendo per avermi salvato la vita.

Se qualcuno mi avesse detto prima di questa mattina che avrei fatto da balia a un guerriero che mi aveva trascinata via da casa mia, mi sarei messa a urlare e sarei svenuta. Ma nell'aria fresca della notte, la mia mente era lucida. Avevo un debito con Haakon e l'avrei ripagato, ma quando sarei stata sicura che sarebbe sopravvissuto, sarei fuggita.

Ora giaceva con una goccia di sudore sulla fronte e un pallore sulla pelle che non mi piaceva. Il peggiore dei tagli era guarito, senza lasciare nemmeno una cicatrice, ma le ferite peggiori non si vedevano.

Aveva bisogno di più acqua, preferibilmente brodo.

E se si fosse svegliato e Ulf non fosse tornato? Avevo solo un po' di carne secca. Mordicchiai una striscia mentre cercavo una roccia liscia con una piccola cavità. Quando trovai un masso, usai l'acqua per pulirla. Avrei potuto mettere in ammollo un po' di carne di cervo essiccata e ammorbidirla per Haakon. Ma avrei avuto bisogno comunque di più acqua.

Quando mi alzai dal masso, un'ombra cadde su di me e sussultai.

«Silenzio» disse Ulf sottovoce. «Non svegliarlo.»

Premetti una mano sul petto, dove il mio cuore batteva all'impazzata. Il corpo grande e possente di quel guerriero, la sua voce roca, il suo volto rovinato, tutto di lui m'intimidiva. Ma non era così orribile come avevo pensato la prima volta che l'avevo visto.

«Da quanto tempo dorme il mio fratello guerriero?»

«Non molto. È rimasto sveglio, credo, per vegliare su di me.»

Ora gli occhi dorati di Ulf si posarono su di me. «Cosa stavi facendo in piedi?»

«Questo.» Gli mostrai la roccia e gli spiegai il mio piano per ammorbidire la carne per lui.

Ulf scosse la testa. «Ora andrò a caccia e gli darò da mangiare i pezzi più pregiati. Mangia il resto della carne. È per te.»

«Non la voglio» dissi, e nello stesso momento il mio stomaco prese a brontolare.

Le mani di Ulf si chiusero sulle mie braccia. Tremai sotto il suo sguardo fisso. «Non mentirmi, piccola.»

«D'accordo... Ho fame» ammisi. «Ma non so se riesco a mangiare molto.»

Il suo tono era severo, ma c'era una sorprendente gentilezza nel suo tocco. «Devi mangiare, Laurel. I nostri nemici sono qui intorno, e appena Haakon guarisce ci aspetta un lungo viaggio. Devi essere forte. Non rendere vano il suo sacrificio.»

Quando presi la carne e la strappai con i denti, Ulf mi

liberò e si avviò al fianco del fratello, scivolando come un'ombra vivente. Non aveva bisogno di arco e frecce per cacciare se si muoveva così silenziosamente. La pelle d'oca prese a scorrermi su su tutto il corpo, reagendo alla presenza di quel predatore.

Rabbrividii. Haakon poteva non essere una minaccia per me, ma Ulf poteva facilmente sottomettermi alla sua volontà.

Dovevo scoprire cosa volevano quegli uomini da me.

No, non ce ne sarà bisogno, mi dissi subito dopo. Dovevo fuggire.

«Sembra febbricitante.» Ulf mi fece un cenno.

«Ha detto che è stata la magia della guarigione.»Presi a stringermi le mani, desiderando di essere meno inutile. Non sapevo quali erbe potessero far passare la febbre. Le mie sorelle orfane sì, ma per quanto ne sapevo erano sparse ai quattro venti, prigioniere di altri di questi guerrieri.

Haakon tossì, ed entrambi ci voltammo. Uno sputo rosso gli punteggiava il lato della bocca, ma non si svegliò. Mi inginocchiai accanto a lui e usai il pezzo di stoffa che avevo strappato dal mio vestito per pulirlo. Quando posai una mano delicatamente sulla sua fronte, il guerriero sofferente si fermò sotto il mio tocco. I muscoli rigidi si rilassarono.

Quando mi voltai di nuovo verso Ulf, mi stava guardando, con un'espressione non proprio accigliata.

«Sta bruciando. Ha bisogno di acqua» dissi.

Ulf non si mosse, così soffocai il mio nervosismo. Non avrei avuto paura di quell'uomo.

«Molto bene.» Raccolsi il mio abito e mi alzai. «Vado a prenderla io stessa.»

Ma lui miafferrò il braccio prima che potessi passargli davanti. «Non scapperai da noi. Non ha senso cercare di scappare.» La mia gola era troppo secca per rispondere. Fissai i suoi occhi dorati, così belli in quel viso aspro e sfregiato.

Sembrò rendersi conto di avermi messo a nudo la sua guancia rovinata e girò il viso. «C'è un ruscello qui vicino. Ti ci accompagnerò.»

Mentre mi guidava attraverso la boscaglia, mi tenne sul suo lato intatto. Era stato un bell'uomo, prima delle cicatrici.

Quando stavamo tornando indietro, con la mano ancora stretta sul mio braccio, Ulf parlò di nuovo.

«Ho confuso le nostre tracce, così il Re dei Morti manderà le sue forze a cercare nella direzione sbagliata. Partirò presto per cacciare e non tornerò finché non avrò una preda.» Le sue mani si abbassarono fino alla mia vita per sollevarmi sopra un pezzo di terreno bagnato. Di nuovo, il calore prese vita dentro me. Strinsi le labbra per evitare di ansimare. Il modo in cui questi guerrieri mi influenzavano stava cominciando a disturbarmi. Di certo non avevo intenzione di far sapere loro come mi sentivo.

Non se ne erano ancora accorti. Almeno, ero quasi certa di no.

Il volto di Ulf era illeggibile come un muro di pietra. «Non hai acceso il fuoco. Non sai come fare?»

«Haakon ha preferito che rimanessi al suo fianco. Voleva che gli raccontassi delle storie.»

«Storie?»

«Gli ho detto del cibo che avrei preparato per lui. Posso fare un brodo, ma tu devi procurarmi alcune cose...» Snocciolai la lista che avevo pensato, riprendendo fiato quando lui aggiustò la presa sul mio braccio, facendo pulsare il mio corpo per l'eccitazione.

«Posso procurarti quelle cose. La maggior parte. Non so cosa sia la dragoncello.»

«Un'erba» dissi. «Potresti essere in grado di trovarla...»

«Non conosco le erbe» mi interruppe, con un tono che mi diceva che non gli sarebbe interessato nemmeno imparare.

«Voglio solo essere sicura che il brodo sia buono» scattai,

allontanandomi dal guerriero accigliato. Mi godetti un momento di libertà finché il terreno frondoso non cedette il passo alla ghiaia e il mio piede scivolò. Ulf mi prese prima che cadessi.

«Stai bene?»

Premuta contro di lu, le mie curve si adattarono eccessivamente bene ai suoi muscoli. Feci un cenno rigido, le guance si arrossarono. Mi rifiutai di guardarlo, e lui mi lasciò andare.

«Fai più attenzione.»Era stata solo una mia impressione, o la sua voce suonava amara? «Per quanto riguarda il brodo, abbiamo mandato di tutto giù tranne carne marcia. Questa sarà una carne fresca. Non devi preoccuparti del sapore.»

«Potrei essere in grado di trovare qualcosa nel bosco da usare» mormorai.

Lui mi afferrò la mano, stringendo forte. «Se pensi di avere il permesso di andartene e vagare per la foresta, ti sbagli.»

Lo guardai male. «Molto bene.»

Ulf mi fissò per un attimo prima di contrarre le labbra. Poi scosse il mento. «Haakon si è svegliato.»

Il guerriero caduto era vigile ma pallido.

«Sei ancora vivo, fratello?» Chiese Haakon.

«È quello che stavo per chiedere io a te. Come se l'è cavata la tua balia?»

Haakon mi sorrise mentre mi arrampicavo sulle rocce per raggiungerlo. «È carina ma crudele. Ti ha raccontato come mi ha torturato con storie di buona carne?»

«L'ha fatto. Presto non sarà solo una storia.»

Haakon bevve molto, molto lentamente. Portai la boraccia alle sue labbra cocedendogli delle pause mentre bagnavo il panno e lo posavo sulla sua fronte.

«Grazie, ragazza» disse Haakon, ma io lo zittii.

«Ringraziami risparmiando le forze e guarendo.»

Fece come avevo detto, con un mezzo sorriso sul volto.

Nel frattempo, Ulf accatastò della legna in un mucchio e accese rapidamente un fuoco. Le fiamme gettarono una luce a chiazze sul suo volto segnato.

Sussultai. Sapevo come si era procurato le cicatrici.

Ulf mi lanciò un'occhiata e io mi portai una mano alla bocca.

«È stato un incendio» disse, come se potesse leggermi nei pensieri. «I miei nemici hanno cercato di intrappolarmi in una capanna in fiamme. Haakon mi ha tirato fuori.»

«Non c'è molto che uccida un Berserker» aggiunse Haakon. «Ma qualsiasi cosa il guaritore abbia usato per curare la sua pelle gli ha lasciato una cicatrice.»

Ulf si voltò con un ringhio.

«Non gli piace parlarne» mi disse Haakon a bassa voce. «Io eviterei l'argomento e farei attenzione ogni volta che accendi un fuoco.»

«Lo farò» promisi. Non mi sarei mai sognata di tirare fuori l'argomento della faccia di Ulf. Non solo sembrava dargli fastidio, ma era anche terribilmente scortese.

Haakon bevve tutto il contenuto della borraccia, io mi alzai per prenderne un'altra, ma dovetti passare vicino a Ulf per prenderla.

Quando si alzò improvvisamente, trasalii.

«Ti faccio paura?»mi chiese in tono duro.

«No» dissi con cautela. «Non più di lui.» Feci un cenno verso Haakon.

«Hai paura?»chiese Haakon mentre mi inginocchiavo accanto a lui con la borraccia fresca. «Non è quello che percepisco in te.»

«Certo che ho paura. Mi hai rapita.»

«Ti ho salvata» mi corresse Haakon.

«Sì, beh, non sapevo di aver bisogno di essere salvata.»

Asciugai la fronte del guerriero ferito, chiedendomi se fosse più forte di quanto sembrasse.

«E ora?»

Mi sedetti di nuovo sulle ginocchia. Qualcosa nello stato di impotenza di Haakon mi rese onesta. «Non so chi sia più pericoloso. Tu o quelli che dici che mi danno la caccia.»

«Siamo entrambi pericolosi, piccolo tesoro» disse Haakon, prendendomi il vestito. Le sue nocche sfiorarono il lato del mio seno facendomi sussultare. Il suo tocco generò dei formicolii sulla mia pelle e un'improvvisa consapevolezza nel mio corpo. «Pericolosi in modi diversi. Ma puoi fidarti di noi.»

Mi costrinsi ad annuire rigidamente, anche se il mio corpo voleva appoggiarsi a lui, farsi calmare dal suo tono armonioso. Dovevo mantenere la lucidità. Dovevo sopravvivere.

Haakon alzò un sopracciglio. «Ti sei aggrappata a me abbastanza strettamente quando ti ho baciata.»

Stringendo le labbra, scossi la testa. Non avevo bisogno di pensare a quel bacio. Il mio primo. Le labbra di un uomo che reclamavano le mie.

E un tale uomo! Anche se giaceva a terra insanguinato, era uno spettacolo da vedere. Le braccia gonfie di muscoli, le gambe come tronchi d'albero.

Mi chinai su di lui per lavare via alcune striscioline di sangue sul suo braccio sinistro e lui mi afferrò con una presa forte come quella di un uomo sano.

«Hai un profumo dolce, come un fiore. Come un alloro di montagna.» Portò le mie dita alle sue labbra.

«Sono certa che questo non sia il modo appropriato di parlare.»

Scoppiò in una risata. «Appropriato? È questo che ti hanno insegnato nell'abbazia?"»

«Sì, a essere gentile, dolce e obbedire sempre.» Scossi i

capelli, con il mento che si alzava altezzosamente, mentre premevo le gambe insieme. Mi sentivo molto calda e strana. C'era un filo di umidità tra le mie cosce, ma avevo appena finito i miei cicli. Sicuramente non erano di nuovo su di me.

«Obbedisci sempre? Non l'hai fatto in cucina.»

Esitai. Mentire era un peccato, e i guerrieri non sembravano gradire. «Non obbedisco spesso.»

«Dovremo addestrarti allora, tesoro. Anche se essere cattivi può essere davvero molto delizioso.»

Stavo per informarlo di come non fosse appropriato nemmeno parlare di questo, quando Ulf si schiarì la gola alle nostre spalle.

HAAKON

*D*ovresti guarire, fratello. Piuttosto che portarti la nostra compagna a letto con qualche tranello. Ulf sembrò disapprovare, ma alzò la testa per annusare l'aria,e i suoi occhi brillavano d'oro. Il profumo caldo e floreale della donna saliva a ondate, più intenso ad ogni minuto che passava. Il suo seno riempì la mia vista. Pallido e ondeggiante. Sbatteva rapidamente le palpebre, le sue labbra paffute si dischiudevano leggermente.

È quasi in calore, riferii. *Reagisce a noi.*

Basta Haakon, devi riposare.

E rovinarmi già il divertimento?

Ma aveva ragione. Avevo bisogno di dormire, anche se non ero ansioso di farlo. La magia si attorcigliava intorno alle mie ossa e le ricuciva nel modo più efficiente, anche se doloroso. I miei sogni sarebbero stati tormentati. Avrei preferito rimanere sveglio, con la visione dei capelli corvini di Laurel davanti a me. Anche in un abito lacero e sporco, la mia piccola balia ispirava i più deliziosi fremiti nel mio...

«Laurel» Ulf interruppe di nuovo. «Sto partendo per la caccia. Posso fidarmi di te con mio fratello?»

«Sì» disse, alzando il mento. «L'hai già fatto prima.»

«Voglio la tua parola.»

«Voglio che viva anch'io.» La sua voce si addolcì mentre si rivolgeva a me. «Mi hai salvato la vita. Sono in debito con te e ricambierò il favore.»

«Un'orfana con il senso dell'onore?» Ulf alzò il sopracciglio. Laurel non apprezzò la sua presa in giro.

«Più di quanto possa dire di te, che piombi qui per portarmi via nel cuore della notte» scattò, e arrossì quando si rese conto di come aveva sfidato i suoi rapitori. Prima che potesse rabbrividire, le presi il polso.

«E questo non ti ha messo a bada la lingua, però» sghignazzai. «Mi piace.»

«Andrò a prendere altra acqua prima di andare» disse Ulf. *Non dovrebbe abbandonarti ora.*

C'era qualche possibilità che lo facesse?

Lei guarda con desiderio la foresta.

Guarda con più desiderio me. Mi allungai con cautela, allargando un po' le gambe. Faceva male, ma il rossore di Laurel quando i suoi occhi caddero sull'apice delle mie gambe fece sì che ne valesse la pena.

Così continui a dire, Ulf tornò e scagliò le pelli d'acqua verso il basso, mancando di poco la mia testa. Troppo tardi mi ricordai che era sensibile alle sue cicatrici.

Lei guarda anche te, fratello. Glielo dissi troppo tardi. Si era già allontanato a grandi passi, scomparendo nella foresta, lasciandomi con la pallida e dolce signorina.

«Siamo al sicuro qui?» sbottò lei.

«Abbastanza al sicuro. Ulf farà in modo che lo saremo a lungo.» Le sorrisi debolmente. Odiavo sentirmi così.

Laurel rabbrividì e si portò le ginocchia al petto. Era la parte più buia della notte, e nemmeno il fuoco riusciva a tenere lontano il terrore dell'oscurità.

«Vieni da me, piccola» respirai, raggiungendola. Lei si

scansò prima di ricordarsi della sua promessa. «Non ti farò del male.»

«Sei ferito. Non puoi farmi del male.»

Anche con la schiena rotta avrei potuto sopraffarla, ma non ne parlai.

«Sdraiati qui»dissi, accarezzando il terreno al mio fianco.

Lei si morse il labbro, sembrando stanca e infelice.

«Offro il mio calore e null'altro. Non prenderò nulla che tu non voglia dare.»

Con un cenno del capo, si spostò per sistemarsi vicino. Giaceva rigida al mio fianco.

Con un gemito, feci scivolare il mio braccio intorno alle sue spalle.

«Haakon, no, non dovresti...»

«Silenzio.» La strinsi al mio fianco. Dopo un po' si rilassò.

«Dormi, piccola. È stata una notte difficile.»

«Non credo di poterlo fare...» sussurrò lei. Strinsi la mia presa, desiderando di poter rotolare sopra di lei e di leccare e succhiare le sue curve e i suoi posti segreti, consumandola di piacere. Avrebbe dormito dopo, e avrebbe fatto bei sogni. Come se potesse leggere i miei pensieri, il suo profumo che si era affievolito divenne di nuovo pungente. Tremava, ma il suo viso era arrossato. Quando cercò di allontanarsi, la strinsi più vicina a me.

«Cosa c'è che non va, piccola?»

«Non mi sento bene» mormorò lei.

«Ti sei mai sentita così?»

«No» fu la sua morbida risposta. Le sue gambe si muovevano inquiete, ma non la lasciai andare. «Sono sicuro che passerà.»

Le mie dita scivolarono dal suo braccio alle linee del suo petto. Mentre le accarezzavo la pelle liscia del braccio, lei prese un respiro ma non mi fermò.

«Ti piace stare qui con me.»

«No» sbuffò lei.

«Stai mentendo, tesoro. Non cercare di ingannarmi»dissi con fermezza, poi abbassai la voce. «Ora dimmi, cosa senti?»

La sua voce arrivò molto piccola. «Non lo so.»

«Hai voglia dei tuoi compagni.»

«No» protestò lei, e io spostai la mano fino al principio del suo collo.

«Un'altra bugia. Ti avevo avvertita, piccolo tesoro. Dì ancora il falso e sarai punita.»

Il suo battito pulsava sotto le mie dita, ma l'aria si riempiva del suo dolce profumo.

«Tu non hai paura di me. Hai paura di come ti senti.»

«Tu non capisci» sussurrò lei. «Sono una brava ragazza. Non dovrei provare certe cose.»

Le strinsi il mento e le passai un pollice sulle labbra.

«Sei la nostra compagna. Rispondi da tale.» La mia mano scivolò lungo il suo petto, tracciando le colline candide della sua scollatura.

«Non so cosa mi stia succedendo...» La sua voce era così rotta che fermai immediatamente le mie dita stimolanti.

«Calmati, tesoro. Non hai nulla da temere. Ti abbiamo presa dall'abbazia per questo scopo. Sarai la nostra compagna e ti ameremo per sempre.»

Un piccolo mugolio le sfuggì dalla gola, ma si aggrappò a me.

«Presto capirai.» Le accarezzai i capelli finché il suo corpo non si sciolse sul mio, il suo respiro divenne più regolare mentre scivolava nei suoi sogni.

Desiderando di poterla stringere come si deve la seguii nel sonno. Era passato un secolo da quando avevo tenuto una donna al sicuro tra le mie braccia. Non vedevo l'ora che arrivasse un nuovo giorno con la mia compagna imbarazzata e vergine, e il suo profumo di miele.

Ma quando mi svegliai, lei non c'era più.

LAUREL

Una fitta di senso di colpa mi colpì al cuore mentre continuavo ad allontanarmi da Haakon. Giaceva in un sonno pesante, si contorse appena quando una farfalla passò sul suo viso e si posò sul suo ginocchio. La luce del giorno delineava il suo volto pacifico e le linee devastate del suo corpo. Stava guarendo, ma le piaghe rabbiose e la pelle lacerata mi dicevano che avrebbe superato questo giorno, almeno, prono e ancora in via di guarigione.

Un uomo normale sarebbe morto.

Sarei dovuta restare a curarlo e avrei dovuto mantenere la mia promessa. Ma il suo tocco nelle ore più buie della notte aveva risvegliato sentimenti che non potevo controllare, sentimenti che era meglio lasciare nel sonno.

Così lasciai una borraccia prendendone un'altra e sgattaiolai via.

Ritrovai il sentiero su cui Ulf mi aveva condotta nel buio. Era stata solo una notte? Ero ancora stanca, il mio corpo dolorante per la caduta.

Le gambe presero a bruciarmi dopo pochi passi. Avevo trascorso la mia vita al riparo dell'abbazia, allontanandomi raramente dalle sue mura. A volte per delle commissioni venivomandata al villaggio, per comprare un qualche particolare tipo di carne o di spezie, ma da quando ero diventata donna, trovavo altri che andassero al mio posto. Gli uomini fissavano il mio corpo sinuoso come se fossi stata un pezzo di carne che avrebbero voluto comprare. Ero felice di stare in cucina, a sgobbare sulle pentole calde e sul forno, uscendo solo per raccogliere erbe o il raccolto.

Come ero arrivata a trovarmi lì, ad inciampare in una foresta, con il senso di colpa che mi consumava per aver lasciato il mio rapitore e salvatore ai piedi del precipizio?

I rovi strapparono la mia maglietta lacera, e io tirai l'indumento vicino al corpo. Sarei anche potuta essere nuda per la troppa sottile protezione che quel tessuto mi dava.

Non c'era da stupirsi se Haakon mi guardava con tanta fame.

Eppure, era gentile. Mi sconvolgeva e mi calmava allo stesso tempo, e sembrava non volere altro che frapporsi tra me e la mia paura. Una solo notte, e già non potevo immaginare di lasciarlo. Invece Ulf, severo com'era, attento a tenere la parte sfregiata del suo viso girata da un'altra parte per non spaventarmi. Sarei potuta sopravvivere senza la loro protezione? Se il Re dei Morti era davvero lì fuori come quei guerrieri dicevano, pronto a farmi del male, era saggio scappare dalla protezione dalla loro protezione?

Più pensavo, più i miei passi si trascinavano.

Sono più sicura da sola che con loro. Loro mi fanno... sentire cose strane.

Raggiunsi il ruscello e mi inginocchiai per riempire la borraccia. Quando alzai la testa, un lupo gigante mi fissò dalla fitta boscaglia. Mi bloccai come un coniglio, con gli occhi spalancati e tremante, incapace di muovermi o respirare.

Il predatore strisciò verso di me con occhi scintillanti.

Teneva tra le mascelle alcuni corpi flosci e pelosi. Aveva già catturato la sua cena, un gruppetto di conigli.

Forse non mi voleva.

Sempre reggendo il mio sguardo, piegò la testa e depose la sua preda.

L'aria brillava. Una folata di vento si alzò con un odore intenso e aperto come l'aria dopo una forte pioggia. Il lupo... si trasformò. Al suo posto si alzò un uomo, nudo con una pelliccia sulle spalle.

Gridai e corsi dietro, da dove ero venuta.

ULF

*L*aurel si schiantò contro il cespuglio, i suoi polpacci bianchi che brillavano sotto la sua veste. Anche se spaventata, emanava un ricco profumo che richiamava la Bestia. L'avrebbe volentieri inseguita per miglia, ma io mi limitai adafferrarla prima che si facesse del male.

«Monella. Cosa ti ho detto riguardo al vagabondare per la foresta?»

Si fermò quando riconobbe la mia voce. La girai in modo che potesse vedere il rammarico sul mio volto. Troppo tardi mi resi conto che avrebbe avuto una chiara visione delle mie cicatrici, ma non trasalì di fronte alla loro bruttezza nella chiara luce del giorno.

«Cosa ti avevo detto?» La scossi, e la paura che sentii mi fece arrabbiare. Un'altra ora e avrebbe potuto allontanarsi dalla nostra protezione. Sapevo che sarebbe scappata. La stavo aspettando. Speravo solo che aspettasse almeno finché non fosse stata più forte, e che la minaccia dei nemici non fosse più presente.

Senza aspettare risposta, la presi sulle spalle e tornai al campo.

Haakon mi stava aspettando, sveglio, con le mani incrociate dietro la testa come se si fosse semplicemente sdraiato per un momento. La tensione nella sua mascella mi disse che la magia stava facendo il suo lavoro per guarirlo, e che stava soffrendo.

«Guarda cosa ho trovato nel bosco.»Feci scendere Laurel e lei si allontanò.

Avevo lasciato i miei vestiti e le armi nel bosco ed ero andato a caccia come un lupo. Il cambiamento mi aveva lasciato nudo, tranne che per una pelliccia sulle spalle. Sembrava più spaventata della mia nudità che di qualsiasi altra cosa. Che ragazza ingenua.

«Che bella preda» disse Haakon ad alta voce. Usando il nostro legame, aggiunse: *Avevo sperato in della carne fresca, ma una volta che sarò abbastanza sazio, non mi dispiacerebbe mangiare lei. Senza dubbio avrà un sapore molto delicato.*

Abbaiai una risata e Laurel sobbalzò. Presi una corda, le legai i polsi e gliene passai una parte intorno al collo, poi la condussi come un animale domestico a Haakon.

«Tienila vicina» ordinai, porgendogli il guinzaglio.

«Va tutto bene, piccolo tesoro» sentii Haakon che la rincuorava mentre mi allontanavo. «Non rimarrà arrabbiato a lungo.»

Tornai al ruscello e raccolsi la borraccia e i conigli. Al campo accesi il fuoco, scuoiai e arrostii la selvaggina, lasciando che la tensione crescesse.

Non pensavo fossi crudele, Ulf.

Non sono crudele facendola aspettare. Desidero solo essere calmo quando punirò la nostra compagna.

Non stavo parlando di farla aspettare. Senza dubbio lei è felice di ritardare la sua punizione. Intendevo me. Haakon fece il broncio finto. *Voglio vederti punirla. Sono un infermo, mi restano così pochi piaceri.*

Dovetti mordermi la guancia per nascondere un sorriso.

In realtà, Ulf, lei è abbastanza mortificata.

Laurel sedeva con la testa china. Anche quando presi la pelliccia dalle spalle e l'appoggiai sulle sue ginocchia, alzò appena la testa.

«Per te» dissi. «Per tenerti al caldo. Ti comprerò nuovi indumenti alla mia prossima partenza. Questa volta ho pensato che fosse meglio non restare a lungo a caccia. È un bene che non lo sia stato, perché quando sarei tornato, saresti potuta essere persa. O caduta in un burrone. O cattu- rata dai servi del Re dei Morti, e chissà quale male ti sarebbe capitato allora.» Mi passai una mano tra i capelli, con il cuore stretto da una paura che non provavo da almeno un secolo. «Sai che abbiamo salvato Hazel da una caverna piena di ossa? Qualunque sia l'obiettivo del Re dei Morti con le profetesse, nessuna di loro è sopravvissuta. Lei è viva grazie a noi.» La mia voce risuonò sopra le rocce. Laurel sedeva ingobbita con la pelliccia stretta tra le mani, piangendo.

«Oh, ragazzina...» Haakon si ammorbidì. *Va bene così, Ulf.*

«Mi dispiace» singhiozzò Laurel. «Non volevo andar- mene. Ma devo farlo. Non posso rimanere qui.»

Accovacciandomi, le afferrai il ginocchio attraverso la pelliccia. La sua pelle pallida arrossì con i primi segni del calore febbrile che la contraddistingueva come una profe- tessa e la rendeva una perfetta compagna Berserker. Volevo confortarla con parole dolci come il mio fratello guerriero, ma la mia voce uscì dura come sempre.

«Puoi scappare, ma noi non ti lasceremo mai andare. Tu appartieni a noi, ora.»

LAUREL

Ulf mi lasciò in balia delle lacrime. Haakon reggeva la corda che mi legava i polsi e mi stringeva il collo, ma era gentile e non mi provocava. Ogni tanto si irrigidiva e prendeva fiato. Il suo corpo era in tensione, il sudore gli imperlava la fronte. In quei momenti avrei potuto facilmente liberarmi del guinzaglio, ma la vergogna mi teneva in ginocchio accanto al guerriero sofferente.

In verità, ero una ragazza malvagia. La compassione era una cosa, ma come ero arrivata a prendermi cura di uomini così pericolosi? Cosa c'era di sbagliato in me?

«Hai paura di Ulf, fanciulla?» chiese lui quando il peggio della sua sofferenza fu passato. «Non ti punirà troppo.»

Mi morsi il labbro. «Lui... era un lupo.»

«Ah, sì. Questa è una delle nostre forme» disse Haakon semplicemente, come se questo spiegasse la straordinarietà della cosa. «Ma anche quando siamo lupi non hai nulla da temere.»

«Quindi anche tu puoi trasformarti in lupo?»

«Sì. Grande, scuro e peloso.» Aggrottò le sopracciglia. «Le donne lo adorano.»

Ero troppo sciocca per ridere della sua battuta. «Fa parte della maledizione?»

«Sì. Una piccola parte che è più un dono.»

Un'ombra cadde su di me. Rabbrividii, ma Ulf mi ignorò.

«Ecco» Ulf offrì ad Haakon uno spiedino di carne e lo tenne mentre il guerriero ferito mangiava lentamente.

Mi sedetti, in segno di protesta. «Questa è quasi cruda!» La carne insanguinata mi faceva rivoltare lo stomaco. Ulf mi guardò ma non disse nulla.

«È buona» borbottò Haakon tra un morso e l'altro.

Quando Ulf tornò verso il fuoco, lo seguii per quanto la corda me lo permettesse.

«Ha bisogno di brodo. Zuppe curative. Posso prepararle io.»

«Non siamo in una cucina.»

«Non puoi andare a prendere una pentola al villaggio, quando mi procuri un nuovo abito?»

«Meglio non accamparci qui troppo a lungo.»

«Non puoi spostarlo. Non ancora.» Forse mai. Seppellii i miei dubbi, ma Ulf sembrò percepirli comunque.

«Guarirà» disse, il suo volto scuro.

«Guarirà più in fretta se mi darai modo di cucinargli delle zuppe.» Ero ridicola, ma non me ne importava. Meglio blaterare e discutere che pensare a come mi sentissi in realtà.

Ulf grugnì. Mi liberò le mani per mangiare, e mi infilzò uno spiedino di carne prima di dare il resto ad Haakon.

«Mangia, piccolina» esortò Haakon quando mi notò seduta con lo spiedino tra le mani. Almeno la mia porzione di coniglio era ben cotta.

Io e Haakon ci riempimmo la pancia, invece Ulf non mangiò nemmeno un boccone.

«Puoi muovere le gambe?» chiese Ulf quando Haakon si era pulito l'ultimo pezzo di grasso dalla faccia e aveva bevuto quasi un'intera borraccia d'acqua.

Haakon annuì.

«Fammi vedere.» Ulf rimase in piedi sopra il guerriero ferito, osservando attentamente mentre Haakon faceva una serie di esercizi che gli lasciavano perle di sudore sulla fronte.

Ulf si accovacciò per asciugargli la fronte. «Potrei aver bisogno di steccarti la schiena.»

Senza fiato per lo sforzo, Haakon scosse la testa.

«Se dovesse guarire male, dovremmo romperla di nuovo.»

«Lo so» ansimò Haakon.

«Puoi trasformarti?»

«Non ancora. Sono...» Haakon morse il resto della frase.

Ulf gli posò una mano sulla spalla. «Riposa. Starai bene. Se devo chiamare una strega...»

«No. Niente streghe.»

«Molto bene. Ecco la tua infermiera, allora.»

Ulf mi tirò il collare e il guinzaglio. Mi misi a sedere e cercai di sorridere al mio pallido paziente.

«Così carina...» Haakon non perse l'occasione di ammaliarmi. «La sua vista basta a guarirmi.»

Ulf sbuffò. Il suo buon carattere svanì quando si voltò verso di me.

«Sto andando a pattugliare. Tornerò presto. Se scappi di nuovo, ti legherò in modo che tu non possa più muoverti. E la tua punizione sarà doppia. Dimmi che hai capito.»

«Ho capito» sussurrai. Solo quando il guerriero sfregiato se ne andò, osai respirare.

Mi rannicchiai vicino ad Haakon e gli stesi dei panni freschi sulla fronte. La febbre salì di nuovo, tingendo le sue guance di rosso. Uno spasmo lo attraversò, poi un altro, scuotendogli le gambe e lasciandolo flaccido.

Gli accarezzai i capelli, scrutando i suoi occhi vitrei finché non sbatté le palpebre.

«Fa molto male?»

«Va molto meglio, con te qui.»

Mi morsi di nuovo il labbro, chinando la testa. Haakon mi afferrò il polso. «Cosa c'è, piccola?»

«Non dovrei essere qui.»

«Perché no? Sei al sicuro con noi.»

Scossi vagamente la testa.

«Qualcuno ti ha fatto del male?» Il suo tono divenne così cupo che girai la testa.

«No. Non mi avventuravo spesso fuori dall'abbazia, e certamente non mi aggiravo tra gli uomini. Ero una brava ragazza.»

«Ma tu sei brava» disse, accarezzandomi la coscia. «Anche adesso.» Di nuovo, il calore si attorcigliò attorno al mio cuore, il corpo si risvegliò, un fiore che si rivolgeva al Sole.

Presi un respiro, sopraffatta dal bisogno di correre di nuovo. Come se fosse riuscito a percepirlo, Haakon utilizzò il guinzaglio per tirarmi più vicina.

«Ti vergogni.»

«Quando mi tocchi, mi sento... strana.»

«Ti fa sentire bene?»

Distolsi lo sguardo. Non potevo mentire, ma non potevo dire la verità.

«Dov'è la combattente che ci ha sfidati in cucina?» La sua mano mi coprì il viso, tremando un po' per lo sforzo. La strinsi, tenendola sollevata mentre lui mi accarezzava la guancia.

«Tu non scappi da noi. Sei scappata da te stessa.» Con questa affermazione, si afflosciò e io gli abbassai il braccio.

«Non dovrei sentirmi così» dissi, tenendo gli occhi sul terreno.

«Niente più fughe. Ti aiuteremo ad affrontare le tue paure. Ti terremo al sicuro.»

«Mi fate sentire... *cose*» sussurrai mentre le sue dita giocavano sulle mie cosce. «Sarebbe stato meglio se mi aveste lasciato nelle cucine.»

«E restare nascosta? Rinchiudere tutta la tua bellezza all'interno di quattro mura? Guardami, Laurel.» Aspettò che incontrassi il suo sguardo dorato, prima di parlare di nuovo. «Devi imparare ad accettare quello che sei.»

«Non è giusto...»

«Lo è.»

Scossi la testa. «Non è quello che ci hanno insegnato.»

«Allora noi ti insegneremo delle cose nuove. Ma non in questo momento. In questo momento, desidero sdraiarmi accanto a una bella donna e dormire tutto il giorno.» Tirò il guinzaglio finché non mi sdraiai accanto a lui.

Ci appisolammo insieme sotto la luce del Sole, con me rannicchiata contro il fianco del guerriero. Anche se avevo dormito poco la scorsa notte, il riposo che avevo ottenuto era stato profondo e tranquillo. Per quanto questi guerrieri rendessero la mia mente inquieta, il mio corpo si sentiva a suo agio. Un germoglio stava nascendo rapidamente, desiderando di più. I guerrieri possedevano il segreto per convincere un tale germoglio ad aprirsi. Non parole dure o colpi di rabbia, ma un Sole gentile e una pioggia deliziosa. Presto il mio corpo sarebbe fiorito. Mi sarei concessa a loro, e non avrebbero avuto nemmeno bisogno di toccarmi.

Mi svegliai di soprassalto quando Ulf entrò nella radura, portando un grande calderone che sbatteva come se fosse pieno d'acqua. I muscoli contratti del guerriero si piegarono mentre lo posava delicatamente vicino al fuoco.

«La vostra pentola, milady» disse. «E...»Da uno zaino improvvisato, tirò fuori un abito da signora, un broccato scarlatto brillante che si arrotolava in spesse pieghe fino a terra. Mi mancò il respiro. Mi avvicinai immediatamente a lui per toccare il tessuto brillante prima di capire cosa stessi facendo.

«Luminoso come il petto di un pettirosso» mormorò Haakon. «Il Re dei Morti non avrà bisogno di fare ricerche per trovarla. Si distinguerebbe in tutto tranne che in un campo di papaveri.»

«Il Re dei Morti può sentirne l'odore, come noi. L'ombra del suo abito non ha importanza» gli disse Ulf, e si rivolse a me. «Non lo lasceremo avvicinare a te. Ho pensato che il colore si adattasse alla tua pelle chiara e ai tuoi capelli scuri. E le tue labbra, brillanti come bacche.»

«Io...» Mi leccai le labbra, guardando da Ulf verso il vestito. «Grazie.»

Ma quando mi allungai per prenderlo, lui lo tenne lontano.

«Non così in fretta. Devi ancora essere punita.»

Sussultai.

«Se fossimo stati nella capanna» continuò Ulf. «Ti avrei spogliata fin dall'inizio, e ti avrei fatto riguadagnare i tuoi vestiti. Non saresti andata lontano se fossi stata nuda.»

Haakon ridacchiò.

Ulf stese l'abito su una roccia pulita. «Ma non voglio che tu prenda freddo. Indosserai il tuo abito, e userai quest'acqua per fare il bagno ad Haakon.» Fece un cenno alla pentola.

Le mie mani si attorcigliarono nel mio sottile indumento. «Fargli il bagno?»

«Andiamo, ragazza. Sono così spaventoso?» Haakon sorrise. Il suo dolore sembrava svanire ogni volta che mi prendeva in giro.

Scossi la testa. Il corpo grande e malconcio del guerriero sarebbe stato meglio ripulito dal sangue. «Ma» mi voltai di nuovo verso Ulf. «E le sue brache?»

Il guerriero sfregiato mi porse un coltello con una grande lama malvagia.

«Oh no!» intervenne Haakon. «Di chi è la punizione? Mi lasci in balia di una signora e di un lungo coltello?»

«Può tagliare anche te!» esclamò Ulf da girato mentre si allontanava con la sua ascia sulla spalla.

«Sto scherzando, piccola. Mi fido di te.»

Deglutii a fatica. Non mi fidavo di me stessa.

«Va tutto bene, Laurel. Dammelo.» Haakon usò la lama per tagliare via le braghe. Lo aiutai a togliere gli stracci, avendo cura di far scivolare via la stoffa delicatamente per non disturbare la sua posizione. Gli lasciai il perizoma, ma quando mi chinai su di lui, i miei capelli si posarono sul suo centro e lui sospirò. Mi fermai. «Ti ho fatto male?»

«Non è niente di importante»esclamò. «Conosco qualcosa che lo farà sentire meglio.»

«Cosa?»

«Essere lavato da te completamente nudo.» Fece l'occhiolino.

«Non farò una cosa del genere» ansimai, anche se il calore si faceva strada in me, un'eccitazione malvagia che mi faceva fremere il ventre.

«Vieni, piccola»disse, prendendo un panno prima di lanciarmelo. «Questa sarà la tua punizione.» Poi si sdraiò, sorridendo mentre il suo corpo attirava il mio sguardo. Era così massiccio e forte, vestito solo con un perizoma, con la sua lunghezza dura. Pochi centimetri e sarebbe stato nudo per me...

«Laurel,» Haakon mi richiamò dalle miefantasie. Arrossii e lui si mise a ridere. «Hai bisogno di altre istruzioni su come lavarmi?»

«Non so se posso farlo.» In sua presenza il mio corpo si animava. Sapevo che alcune delle mie sorelle orfane soffrivano di una febbre che le lasciava gemere di lussuria. Lo tenevano segreto, nel caso le suore venissero a scoprirlo, perché in quel caso le avrebbero punite. Se avessi toccato

Haakon come desideravo, il mio desiderio non sarebbe più stato segreto.

«Per favore, ragazza. Hai promesso di prenderti cura di me...» Haakon fece la sua voce contrita, ma io non mi feci ingannare.

«Devi comportarti bene» gli dissi.

Il luccichio malvagio nei suoi occhi mi disse che non mi avrebbe ascoltato.

Con uno sbuffo, bagnai gli stracci e mi misi al lavoro. La sporcizia e il sangue vennero via dalla pelle liscia con una velocità soddisfacente. Strofinai delicatamente su e giù per le lunghe linee dei suoi muscoli, così sodi sotto i miei polpastrelli.

Non riuscii a trattenermi dal lisciare le mani sulle cicatrici del suo addome ciottoloso.

«Me le sono fatte prima di essere un Berserker» disse Haakon.

«Quando è stato?»

«Molti, molti anni fa. In una terra a Nord, al di là del mare. Innumerevoli Re sono andati e venuti da quando sono nato.»

«Davvero?» Ero scioccata. Nonostante le cicatrici e i muscoli robusti, Haakon non sembrava più vecchio di un ragazzo del mio villaggio.

«La magia ci mantiene giovani.»

«Quale magia potrebbe fare questo?» Respirai, e un'ombra cadde sul suo volto.

«Nessuna buona.»

La sua tristezza si accentuò talmente tanto che io ripresi subito a prendermi cura di lui, pulendo i suoi muscoli fino a farli brillare, tamponando delicatamente le sue ferite. Gli infilai persino un panno tra le dita dei piedi.

«Mi fai sentire bene» sospirò, e io mi appoggiai il suo piede in grembo, massaggiandogli la pianta, sperando che presto si sarebbe rilassato e sarebbe tornato a scherzare. Il silenzio che pesava su di noi non era una bella sensazione.

«Era una gara» parlò dopo un po'. Continuai a massaggiargli silenziosamente i piedi. «C'era uno Jarl che sarebbe diventato Re. Indisse una gara per decidere i suoi migliori guerrieri. Io ero giovane, ma ero forte e veloce. Mio padre mi aveva addestrato a combattere con l'ascia e la spada. Gareggiai con tutti gli uomini dello Jarl e salii rapidamente di grado.»

«C'era anche Ulf?» chiesi.

«Sì. Ha combattuto al mio fianco. Alla fine, da un grande numero ne restammo solo un centinaio. Lo Jarl ci divise in cinque gruppi, venti uomini ciascuno, e ci mandò dalla strega. Io...»

Le mie dita vacillarono insiemealla voce di Haakon.

«Non ricordo molto oltre a questo» farfugliò.

«Va tutto bene.» Presi l'altro piede e continuai a massaggiarlo, risalendo anche lungo le gambe, calmando i polpacci tesi.

«La magia ci rende forti. Fa tutto, tranne che mantenerci sani di mente. Col passare degli anni, ci mangia la mente, fino a farci diventare pazzi.»

«Pazzi?»

«Sì, piccola. C'è solo una cura. Dobbiamo trovare una compagna.»

Arricciai le labbra. Mi avevano fatto capire che pensavano che fossi io, la loro compagna.

«Laurel.»

Alzai la testa. Haakon mi fissò con occhi brillanti. Un essere sovrannaturale nato dalla magia. Eppure era ancora un uomo. Non potevo ignorare quel palo rigido che ora tesseva il suo perizoma. La sua grandezza mi fece seccare la gola.

«So che ti abbiamo rapita e che avevi paura. Avrei voluto che fosse stato diverso. Devi credermi.»

Annuii.

«Non sai quanto sei importante per noi...»

Improvvisamente, non potevo sopportare di guardarlo. Chinando la testa in modo che i capelli mi coprissero il viso, gli strinsi la gamba e lasciai cadere un bacio sul suo ginocchio.

«Così dolce. Il nostro piccolo fiore.»

«Io... ho finito di lavarti.» Mi sedetti di nuovo sulle ginocchia. Il mio vestito era bagnato e trasparente, ma non cercai di coprirmi. Faceva parte della mia punizione, e lo sguardo di Haakon, che provava un piacere impressionante, mi fece stringere in una deliziosa attesa. Non che mi piacesse la sua attenzione, mi rimproverai. Semplicemente preferivo l'Haakon felice al guerriero tormentato che mi raccontava come era arrivato a essere maledetto.

«C'è ancora una parte da lavare» disse e scostò il perizoma.

Il calore mi soffuse il collo e il viso. La sua virilità sporgeva dal corpo.

«Non credo...»

«Sei una bella ragazza. Guarda cosa mi fai.»

«Fa male?»

La sua risata increspò i muscoli del suo petto. «Fa male. Ha bisogno del tuo tocco curativo.»

Non sapevo cosa dire. Avevo sentito parlare della forma degli uomini e avevo visto i tori da monta al mercato. Uno degli uomini del villaggio della mia età si era spogliato davanti a me, e aveva riso con i suoi amici del mio rossore. Ero scappata via, e da allora avevo trovato le mie ragioni per stare lontana dal villaggio. Anche se il ragazzo non mi aveva toccata, mi vergognavo.

In quel momento, però, non stavo provando vergogna. Avrei dovuto, ma quella sensazione non arrivò mai.

«Passami il panno, Laurel» disse Haakon e quando lo feci se lo avvolse intorno, stringendo e tirando un po' prima di gettare via lo straccio. La sua grande mano scivolava su e giù per la lunghezza ormai liscia, lavorandola in un modo che gli portò un sorriso sul viso. Non mi tolse mai gli occhi di dosso.

Mi resi conto che non avrei dovuto guardarlo. «Ehm...» La mia mano si posò sul mio viso.

«Guarda, se vuoi» disse Haakon a denti stretti. «Presto imparerai a farlo.»

«Non lo farò» ansimai.

«No? Anche ora sembra che tu voglia toccarmi.»

«Io... desidero semplicemente farti stare bene... Non—» dissi in fretta. «Non in quel senso. Voglio solo che tu stia bene.»

«Questo mi farà sentire molto, molto bene» disse. Guardai ipnotizzata mentre ci lavorava. Sapevo come poteva essere tra un uomo e una donna, ma come poteva una cosa così grande entrare dentro di me?

«Un giorno mi sveglierai con la tua dolce bocca sul mio uccello. Ti dirò di leccare ogni centimetro e tu obbedirai come la brava ragazza che sei. E quando avrò finito,» le sue parole caddero più velocemente,«ingoierai tutta la mia crema.»

Stava succedendo qualcosa. I fianchi di Haakon sussultarono, lui grugnì, e del liquido biancastro si riversò dalla punta del suo uccello alla sua mano. Lui imprecò più e più volte.

Mi chinai in avanti. «Haakon, sei ferito?»

«No, dolcezza. Prendi il panno.» Quando lo feci, fece un cenno al suo membro ancora duro. «Puliscilo.» Le mie mani tremavano mentre mi chinavo su di lui.

«Un giorno lo leccherai tutto» sussurrò Haakon. «Ulf e io

ti riempiremo e ti lasceremo dipinta del nostro seme, così che qualsiasi uomo possa sentirne l'odore e sapere che ci appartieni.»

Le mie guance erano così calde che sembravano aver preso fuoco, ma mi limitai a bagnare di nuovo il panno e togliere via tutto quel seme denso. Haakon mi fece poi cenno di avvicinarmi e mi passò un dito bagnato sul petto, poi mi lasciò pulire le sue mani.

Quando Ulf tornò, i suoi occhi si accesero come torce. Inclinando la testa all'indietro, annusò l'aria.

«Vedo che ti sei dato da fare.»

«L'ho fatto, sì» disse Haakon, soddisfatto.«"E la nostra compagna si è guadagnata la sua ricompensa.»

«Oh?» Ulf guardò da Haakon a dove ero seduta io, col viso arrossato e le braccia strette intorno alle gambe per non tremare, anche se non riuscivo a non farmi pulsare la vagina.

«Oh sì.»

«Non ho fatto niente!» intervenni. «L'ho solo lavato.»

«E guardato mentre mi davo piacere. Devo chiederti la prossima volta cosa hai imparato?»

«No. Io... no.»

Haakon rise. «Non preoccuparti. Non ti costringerò a farlo. Un giorno mi implorerai per questo.»

Scuotendo la testa, lo guardai male.

«Smettila» disse Ulf. «Laurel, vieni qui.»

Lo feci. «E adesso?» mormorai, anche se mi misi in piedi. Ad Haakon piaceva scherzare, ma Ulf era così severo e serio che non osai disobbedire.

«È l'ora della tua prima punizione.»

«Ma ho già scontato la mia punizione.»

«Pensi che lavarmi sia stata una punizione? Sei crudele.» Haakon finse di tenere il broncio.

Io sgranai gli occhi. Ulf mi attirò a sé finché non mi trovai tra le sue gambe.

«Te l'avevo detto che ti avremmo fatta dispiacere.»

«Sto facendo la brava» protestai.

Lui alzò un sopracciglio.

«Ci sto provando»dissi.

«Stai andando bene. Ma siamo in pericolo e ci aspettiamo un'obbedienza totale. Sono in gioco le nostre vite.»

Annuii.

«Sei mai stata punita nell'abbazia?»

«Sì.» Mi rosicchiai il labbro. «Come mi punirete?»

«Come meglio crediamo. Questa volta ti prenderò in grembo, ti solleverò le gonne e ti sculaccerò finché la tua pelle non sarà rossa.»

Sussultai. «Dovete per forza?»

«Sì. Siamo i tuoi padroni ora e farai come diciamo noi. Scappare merita una punizione rapida e severa.»

«Tu sei tutto per noi. Ti terremo al sicuro» aggiunse Haakon in tono più dolce, ma Ulf mi guardò severamente. «Dimmi che hai capito.»

«Ho capito.»

«Spogliati» disse,strattonando l'indumento. Non c'era spazio per le discussioni nel suo tono. Pensando alla mia punizione, mi tirai il vestito sopra la testa. Lui lo gettò via e io incrociai le braccia sul petto, piegandomi un po'.

«Hai intenzione di farmi rimanere nuda?»

«No. Ma devi spogliarti per fare il bagno» mormorò.

Presi un respiro. La possibilità di lavarsi suonava deliziosa. L'acqua nella pentola sarebbe stata piacevole e calda ora.

«Vorrei poterti fare il bagno, come tu hai fatto con me» disse Haakon.

«Prima la tua sculacciata, però.» Ulf mi attirò sulle sue ginocchia. Mi aggrappai alle sue gambe mentre mi scuoteva ancora di più, finché il mio sedere nudo si agitò nell'aria. «Metti le mani a terra.»

Tremando, feci come mi chiese.

Con mia sorpresa, il dolore non iniziò subito. La sua grande mano accarezzò il sedere, con dita ruvide che tracciavano le mie curve.

Mi spostai. «Per favore.»

«Silenzio» ordinò. «Ti sto preparando per la tua disciplina. Non sarebbe il caso di rovinare questa bella pelle.» La sua mano risalì la mia gamba e quasi gridai. Succhi viscidi si raccolsero al mio apice, minacciando di scorrere lungo le mie gambe.

«Vuoi che ti punisca?»

Volevo farla finita prima che potesse vedere cosa mi stava succedendo. «Sì.»

«Chiedimelo.»

Il mio stomaco si rivoltò per l'umiliazione. «Per favore, signore, puniscimi.»

Una rara risatina di Ulf mi riscaldò da capo a piedi. «Come desideri.»

La sua mano mi sculacciò, all'inizio piccoli e netti colpi che aumentarono di intensità fin quando gli schiaffi risuonarono in tutta la radura. Mi aggrappai alla sua gamba, con i capelli sul viso. Una calda pressione si accumulò nel mio cuore, minacciando di fuoriuscire da me.

«No!» Mi alzai di scatto. «Fermati. Devi fermarti!»

«Laurel?» Haakon si mise a sedere a fatica. «Cosa c'è che non va?»

Il mio sedere era rosso e pulsante, ma non era quella la causa della mia angoscia. Mi allontanai da Ulf, con le mani sul sedere. «Non puoi più punirmi.»

«Laurel, basta.» La furia balenò sul volto di Ulf, e non osai fare un altro passo. «Sdraiati di nuovo sulle mie ginocchia, o la prossima volta sceglierò un oggetto.»

«Per favore» singhiozzai, ma feci come aveva ordinato.

«Brava ragazza» disse, e qualcosa in me si sciolse ulteriormente. Piansi più forte.

Mi strofinò il sedere, immergendo anche la sua mano tra le mie cosce. Non opposi resistenza. Erano troppo grossi e forti, e io ero troppo vogliosa.

Qualche altro schiaffo e poi mi rimise in piedi, fissandomi con un'espressione quasi preoccupata.

«Bene, Laurel, hai imparato la lezione?»

«Sì» gridai. Mi prese il polso.

«Non strofinare. Ti lego le mani» avvertì.

Annuii freneticamente e mi lasciò andare.

«Vieni qui, ragazza.» Haakon aprì le braccia. Dimenticando che fosse ferito, mi buttai a terra accanto a lui, singhiozzando sul suo petto.

«Ulf ti ha punita solo perché aveva paura che saresti scappata di nuovo. Non è sicuro qui. Devi saperlo.»

«Lo so» gemetti. Ma non era sicuro per me nemmeno restare. Gli uomini avevano risvegliato un'altra bestia dentro di me. Se non fossi andata via presto, non sarei mai stata libera.

ULF

I singhiozzi della donna riempirono la radura. Corrucciai la fronte.

Ho fatto attenzione a non farle male. L'ho sculacciata appena.

Non sei stato tu. Lei soffre per via delle sue paure.

Ricordandomi di me stesso, mi allontanai dalla scena commovente. Haakon poteva calmare la nostra compagna, io solo spaventarla. Avrei dovuto mantenere il mio voto e non aver mai accettato di prendere una compagna. Laurel meritava un altro, anche se il pensiero mi faceva star male.

Allentando la mano dalla stretta a cui l'avevo sottoposta, colsi una boccata di dolce muschio.

«Beh, questo è interessante» mormorai.

«Cosa?»

Sollevai la mano ricoperta dei succhi di Laurel. Anche dall'altra parte della radura, il profumo era chiaro.

Gli occhi di Haakon brillarono. «Molto interessante.»

* * *

Mɪ occupaɪ delle faccende finché la donna non si calmò. Quando non singhiozzò più, Haakon la mandò a lavarsi il viso e i capelli. Mi stava uccidendo, ma feci finta di ignorare gli spruzzi e i soffici sospiri della nostra compagna mentre si godeva l'acqua che avevo riscaldato per lei.

Puoi guardare, lo sai. È una compagna per te tanto quanto lo è per me. Il calore nella voce di Haakon mi diceva che gli era piaciuto lo spettacolo.

La prossima volta.

Adesso che si trova nel nostro rifugio dovremmo tenerla nuda.

Non riuscivo a pensare ad una casa con una compagna. C'era ancora così tanto pericolo. Il Re dei Morti non ci aveva ancora trovati, ma sarebbe stata solo una questione di tempo se Haakon non fosse guarito in fretta.

Quando Laurel lasciò la vasca da bagno, io la stavo aspettando. Facendomi forza, sollevai una nuova veste, tessuta con il lino più morbido e orlata con un bellissimo ricamo. Gli occhi spalancati di Laurel mi rivelarono che non aveva mai visto un abito così bello.

Le feci cenno di avvicinarsi ma la girai. «Piegati» mormorai, e aggiunsi quando lei inspirò,«Voglio solo controllare il tuo sedere.»

Le sue curve pallide portavano un rossore persistente. Le accarezzai e massaggiai, calmandola quando prese a dondolarsi nervosamente da un lato all'altro. C'erano alcune linee grezze dove le mie dita avevano preso i suoi punti di seduta. Divenni duro come il ferro sapendo che la mia mano aveva fatto quei segni.

Alla fine la rimisi in piedi. Il suo viso era rosso come il suo sedere.

«La Bestia dentro di noi desidera una compagna d'amare, ma anche da disciplinare.»

«Per favore» sussurrò lei. «Farò la brava.»

«Sei una brava ragazza» la lodai. «Ma non esiteremo

comunque a prenderti per mano e ad insegnarti i nostri modi. Dopo la punizione verrà la ricompensa.»

L'aiutai a vestirsi col suo nuovo abito e poi con la veste rossa. Il tessuto scorreva come vino intorno alle sue gambe. Sembrava una regina con i suoi lunghi capelli scuri intrecciati a corona.

«È così bello...» respirò.

«La nostra compagna sarà sempre vestita in modo elegante.»

«A meno che non sia a casa da sola con noi»corresse Haakon. «In quel caso dovrà essere nuda.»

Laurel sgranò gli occhi. Un morbido sorriso le soffuse i lineamenti. Guardò la terra davanti a me, quasi... timida.

«Ringrazierai Ulf per averti procurato un abito così bello?» Haakon pungolò. Lo guardai male.

Prima che me ne accorgessi, Laurel si era inchinata. «Grazie, signore.» Si avvicinò, mi prese la mano e la baciò. Mi congelai sul posto quando le sue labbra toccarono le mie nocche ruvide, e la Bestia dentro di me tornò a ruggire.

Doveva conoscerne il pericolo, perché tremava un po' quando alzò gli occhi sui miei. «Non me lo merito.»

La fissai e basta. Lei fissava senza paura il mio viso rovinato.

«Certo che te lo meriti, piccola» disse Haakon. "«La nostra compagna merita il meglio.»

Uno sguardo ostinato le passò sul viso, uno sguardo che mi diceva che non avrebbe accettato di essere la nostra compagna.

«Non c'è di che, per il vestito» le dissi. «Ti si addice di più rispetto a quel vestito sporco.»

Lei scosse di nuovo la testa, e io mi maledissi per aver insultato i suoi vecchi vestiti. Quasi mi allontanai, ma lei mi tenne la mano.

«Aspetta.»Esaminò il mio palmo sudicio. «Vuoi che ti

lavi?» Le sue guance erano brillanti come il petto di un petti-rosso, ma il suo profumo mi rivelò che non detestava l'idea.

Per quanto volessi dire sì, non potevo sopportare di vedere la sua faccia quando avrebbe toccato le mie cicatrici.

«Non c'è bisogno, ragazza. Non ho bisogno di una balia. Sto bene.» Maledicendomi di nuovo per aver insultato il mio fratello guerriero, ringhiai e mi allontanai.

* * *

LA NOTTE ERA GIÀ CALATA PRIMA che io facessi ritorno con un cervo gigante sulle spalle.

La Bestia si scatenava dentro me, anche dopo una lunga caccia e alcune sessioni solitarie con il mio uccello in mano. Un fuoco ora mi bruciava dentro. Solo Laurel poteva spegnerlo.

Così, dopo aver percorso il perimetro per controllare i segni del nemico, portai la selvaggina al campo.

La luce tremolante tra gli alberi mi diede un po' di tregua, ma studiai i miei passi e ignorai la mia vecchia paura.

Haakon sonnecchiava, con il braccio puntellato sotto la testa, come se si fosse coricato solo per un momento. Mi fece bene vederlo dormire serenamente. Un contatto con la sua mente mi disse che il suo dolore stava svanendo.

La donna sedeva vicino alla fiamma e la punzecchiava con un bastone. Aveva tagliato il suo vecchio abito in un grem-biule per proteggere il suo bel vestito. Qualche capello scuro era caduto dalla treccia, ma a parte questo aveva l'aspetto regale di sempre. La sua bellezza mi fece quasi fermare il cuore.

«Ulf?» Sembrava preoccupata. Dovevo sembrare un mostro con quella preda enorme sulle spalle. Più mostruoso del solito.

«Per te» le dissi e lasciai cadere il cervo a terra. Il terreno tremò dove cadde.

«Cosa devo farci, con quello?» Lei guardò il corpo gigantesco. Da punta a punta, le corna sembravano alte quanto lei.

«Cucinalo.» Mi inginocchiai e spaccai la cavità toracica con gli artigli. Troppo tardi mi ricordai che avrei dovuto nascondere la Bestia alla nostra donna. Lei distolse lo sguardo mentre portavo il cuore del cervo ad Haakon.

«Ecco, fratello.»

Grazie. Disse Haakon, senza sprecare fiato per parlare prima di mordere la carne cruda. *Aveva minacciato di darmi delle cipolle se non fossi tornato abbastanza presto.*

Ridacchiai e tornai al fuoco, leccandomi il sangue dalle dita. Laurel si sedette con le mani piegate in grembo. Di sicuro c'erano alcune cipolle selvatiche che cuocevano sulla brace. *Almeno non erano cavoli.*

Una volta che Haakon finì il cuore, gli diedi qualche altro organo e mangiai la mia parte di frattaglie. Il sangue imbrattò il corpo del guerriero prono. Mentre mangiava il fegato, Laurel emise un suono angosciato.

«Non preoccuparti, piccola» disse Haakon, tra una masticata e l'altra. «Puoi sempre lavarmi di nuovo.»

Sbuffando, lei si voltò, incrociando le braccia sul petto. Non c'era più la persona mite che avevo lasciato con il sedere arrossato. Al suo posto c'era la combattente dall'aspetto regale che ricordavo nelle cucine. Alzai un sopracciglio verso Haakon, che fece spallucce.

Usando gli alberelli che avevo tagliato prima con l' ascia costruii una struttura gigantesca per arrostire la carne. Prima di andare a caccia, mi ero spogliato dei vestiti per potermi trasformare a piacimento. La magia mi aveva lasciato un perizoma sui fianchi, ma per il resto il mio corpo era nudo. Il fuoco che mi aveva rovinato la faccia aveva lasciato qualche cicatrice sul braccio e sul fianco, ma niente di troppo brutto. A differenza del mio viso.

Una volta che il cervo fu cotto mi lavai nel ruscello, tornando con i vestiti in mano. Più volte fissai la donna, sfidandola a guardarmi. Lei teneva gli occhi a terra, ma sapevo che se n'era accorta. Il colore delle sue guance si abbinava al vestito.

Sedendomi vicino col lato buono del viso rivolto verso lei, presi il bastone che aveva Laurel e girai le cipolle.

«Ti sei avventurata molto nella foresta per trovarle?»chiesi.

«Non lontano. Haakon ha potuto vedermi per tutto il tempo.»

Srotolai una cipolla e ne guardai la forma fumante. «Temevi che Haakon avesse bisogno di cibo prima del mio ritorno.»

«Sì.»

Usando alcune foglie bagnate, raccolsi la cipolla fumante e la sbucciai con delicatezza. «Suppongo che dovrò smettere di tenerti al guinzaglio, allora.»

«Grazie.»

«Non dovrò più uscire per cacciare. Potresti aver perso la tua ultima possibilità di fuga.»

Non rispose. Studiai la sua figura tesa. La sua punizione non l'aveva ammorbidita. Al contrario, la nostra compagna aveva eretto dei muri.

«C'è molta carne, se l'accetti dalla mia mano.»

«Grazie» disse di nuovo, mentre il suo stomaco brontolava.

È determinata ad essere educata, feci notare ad Haakon.

Mmm. Pensa di poter controllare i suoi desiseri fingendo di essere così beneducata. Ma loro la reclamano lo stesso. Haakon sorrise. *Riesci a sentirne l'odore?*

Alzando la testa, annusai l'aria. Era lì, sotto il denso profumo di carne arrosto e cipolle, una donna in calore.

È matura per essere colta, Haakon schioccò le labbra. Laurel sembrava sapere che comunicavamo in silenzio, perché lo guardò male. Notai come teneva le gambe serrate.

Mi sorprende sia così calma.

Non lo è. È frustrata. Le dita sottili afferrarono il suo nuovo abito come se il suo mondo si stesse inclinando e lei stesse cercando di aggrapparsi. *Falla mangiare, Ulf. Riempile la pancia. Così forse la convinceremo a sfamare il suo secondo appetito.*

Gettai la cipolla sul fuoco e mi avvicinai al cervo, affettando la carne che rosolava. Lo sguardo schizzinoso della donna mi disse che aveva bisogno di più tempo per la cottura.

«Grazie per esserti presa cura di mio fratello» dissi.

«Faccio molto poco.»

«Comunque, sta guarendo bene.»

«Sai bene quanto me che è grazie alla magia e non me.» Lei socchiuse le labbra, come se parlare di magia le lasciasse un cattivo sapore in bocca.

«Non ti piace la nostra magia?»

«Vi rende molto potenti.»

Esaminai le mie dita. Il sangue era stato lavato via facilmente, ma gli artigli erano ancora un po' lunghi. La bestia era vicina alla superficie. «Lo fa fino a portarci alla pazzia.»

«Credo che tu sia già abbastanza pazzo» mormorò lei.

«Che hai detto?» Alzai un sopracciglio, ma stasera Laurel sembrava non aveva paura di me.

La rabbia le balenò negli occhi. «Hai attaccato un'abbazia indifesa. Questo è un paese civile!» Il suo petto si gonfiò.

«Noi non saremo mai civili.» Mi sedetti accanto a lei, abbastanza vicino perché la mia gamba scoperta sfiorasse quella sua, vestita. Lei si irrigidì di nuovo, ma dopo un momento, si rilassò. Interessante. Riuscì a resistere fino ad un po' prima di lasciarsi andare, poggiandosi a me. Forse non si era neanche accorta di ciò che aveva fatto.

«Quando avete attaccato l'abbazia, avete commesso un crimine contro Dio.»

«Noi non adoriamo i vostri dei.»

Questo la mise a tacere. Lei sobbalzò indietro con le guance arrossate e la bocca aperta. Mi sarei alzato e avrei fatto passare il mio uccello tra le sue labbra paffute, se non fossi stato così sicuro che me l'avrebbe morso.

Con grande riluttanza, mi alzai e andai dall'altra parte del fuoco.

Haakon ridacchiò.

Faresti meglio a guarire presto, gli dissi.Controllarmi stava diventando più difficile con la Bestia attratta dal pesante odore muschiato di una donna in calore.

Chiusi gli occhi e lo inspirai. Quanto tempo era passato da quando avevo dormito con una donna?

«Non posso credere di essere intrappolata con tali pagani» mormorò Laurel sottovoce.

«Oh, e tu sei proprio una ragazzina perbene» osservai. «Non cucini in sottoveste?»

Il rossore si diffuse su di lei. «Faceva caldo in cucina!»

«Non mi stavo lamentando. Sei la benvenuta a spogliarti dei tuoi panni quando vuoi. Anche se qui fuori potresti prendere freddo.»

Lei sbuffò.

«Non preoccuparti, piccola»disse Haakon. «Ti terrò al caldo io.»

«Non sarà necessario.»

Quando lei puntò il naso in aria, non potei resistere a provocarla. «Haakon pensa che una volta tornati a casa dovremmo tenerti sempre spogliata. Sto considerando l'idea.»

«Certo che no!» sussurrò lei.

Le feci un ampio sorriso, mostrando i denti.

Lei tacque, chiudendosi in se stessa.

Non esagerare. Haakon ammonì. *Mi piace quando dice quello che pensa.*

La maggior parte degli uomini preferirebbe una donna più rilassata.

Non riuscivo a staccare gli occhi da lei mentre trotterellava attraverso la radura, con i fianchi che ondeggiavano sotto l'abito. Il movimento mi fece sussultare il pene nei pantaloni.

Meno male che non siamo la maggior parte degli uomini, Haakon ridacchiò e trasalì.

«Vieni, piccola» dissi quando la carne fu pronta, dopo aver tagliato un pezzo su una pietra piatta che avremmo usato come piatto. «È ora di mangiare.»

«Non ho fame» disse lei.

«Testarda» dissi ad Haakon. Invece di discutere con lei, mi occupai della carne e ne tagliai un altro piatto, poi mi sedetti dove la brezza poteva orientare il profumo prelibato verso di lei. Il vento era forte quella notte, e poco dopo essermi sistemato il suo stomaco brontolò abbastanza forte da essere udito.

«Basta» le dissi. «Devi rimanere forte se vuoi combatterci.»

Una breve pausa e lei si alzò di scatto dal suo posto, sedendosi accanto a me. La Bestia cantò in trionfo, anche se sapevo che non si sarebbe seduta così vicina se non fosse stata talmente affamata. Si allungò per prendere la carne e io la bloccai. «No, signorina. Dalla mia mano.» Le mostrai un pezzo di carne.

Chiudendo gli occhi, con uno sguardo rassegnato sul viso, ci chiuse le labbra intorno.

Il rossore ricoprì le sue guancie mentre la sua bocca calda

succhiava succhi dalle mie dita. «Mmm...» gemette al secondo morso, la testa rovesciata all'indietro e il viso soffuso di beatitudine.

Ringhiai.

«Cosa c'è che non va?»La donna si sedette indietro, leccandosi le labbra. Il mio uccello si strinse dolorosamente. «Ho fatto qualcosa?»

«No, piccola. Non è colpa tua.» Mentre mi spostavo dalla mia seduta colsi un piccolo sorriso sul suo volto. «Fai attenzione. Tenti la Bestia.»

«Davvero?»disse, facendo le fusa. «Volevo solo obbedire.»

Si chinò di nuovo, con il seno in bella mostra, e io le presi la nuca chinandomi su di lei. Respirai il suo profumo ancora dolce e ricco come un frutto smielato, maturo per esser colto. «Attenta, Laurel» le sussurrai all'orecchio sinistro. «Stai giocando a un gioco molto pericoloso.»

Le sue gambe si mossero senza sosta. Mi sedetti all'indietro, la Bestia che era in me si godeva lo sguardo vitreo sul suo viso. Ma mi distrassi e lasciai che la luce del fuoco illuminasse l'orribile massa di cicatrici che era la mia guancia destra.

Le mancò il respiro.

«Va tutto bene, amore» dissi, girando velocemente il capo dall'altro lato. «So che non vorresti mai qualcuno come me.»

Lei sbatté le palpebre e si ritrasse, il suo sguardo cadde al suolo.

Ulf... Haakon cominciò.

Alzai una mano per farlo tacere. *Non voglio sentirlo.* Tagliando un altro piatto di carne, ne misi un po' accanto a Laurel e portai il resto ad Haakon.

Volevo solo fare uno scherzo. Tra la mia faccia e il tuo corpo formiamo un uomo intero.

Non era la stessa cosa e lui lo sapeva. *Presto sarai di nuovo in forze.*

Smontai lo spiedo e lasciai la carcassa pendere da un albero alto per dissuadere gli animali dal rubarci la carne. Per lo meno qualsiasi animale che osasse avvicinarsi ai Berserker.

Abbassando il perizoma segnai il nostro territorio, spruzzando il disegno di un arco intorno all'albero con la selvaggina. Non appena Haakon fosse stato bene, ce ne saremmo andati da quel posto. Avremmo fatto attenzione durante il viaggio, e con un po' di fortuna, il Re dei Morti si sarebbe dimenticato di noi.

Fu solo mentre stavo tornando indietro che sentii l'odore di qualcosa di marcio. L'ultima volta che avevo sentito quell'odore...

«Laurel!»gridai, correndo verso il fuoco. Il vento freddo spazzò l'accampamento davanti a me, una folata catturò il fuoco e mandò le fiamme a lambire la nostra compagna.

Lei urlò, e io la raggiunsi e la sollevai, spingendola via dalla pioggia di scintille. Girandomi, calciai la terra sul fuoco, ma non fu abbastanza. Il vento portò le fiamme alla frenesia.

La donna si accovacciò vicino ad Haakon, chinandosi su di lui per proteggerlo dal vento.

«Cosa sta succedendo?»

«Il Re dei Morti. Ci ha trovati.» Corsi da loro due. «Haakon, devo spostarti.»

Lui annuì rigidamente.

«Attento!» gridò Laurel mentre una roccia mi veniva incontro. Mi girai appena in tempo, ma la roccia riuscì comunque a colpirmi il braccio.

«Ora!»gridai.

Non c'era tempo per fare un carro. Afferrando Haakon sotto le braccia, lo trascinai verso un piccolo burrone, protetto da grandi massi.

«Laurel!» chiamai, e la raggiunsi. Lei corse e si aggrappò a me mentre ci stringevamo sotto una sporgenza rocciosa per proteggerci dalle rocce e dalle zolle di terra che rotolavano giù dalla scogliera. Il Re dei Mortiaveva deciso di scuotere la terra stessa.

Un masso si frantumò a pochi metri da noi. Laurel trattenne il respiro e nascose il viso nell'incavo del mio collo. «Perché sta facendo tutto questo? Perché non ci lascia in pace?»

«Perché ti vuole più di qualsiasi altra cosa» dissi, stringendola forte tra le mie braccia mentre il vento ululava sopra di noi, e poi affondai il viso sui suoi capelli. «Ma non potrà mai averti.»

LAUREL

Quando la tempesta cessò, ci allontanammo dal nostro nascondiglio. Nella gola c'era poco terreno asciutto. Haakon giaceva in una piccola fessura tra le rocce, stretta e a malapena in grado di tenere metà del suo corpo. Un polpaccio sanguinava dove una roccia lo aveva colpito. Il suo respiro arrivava in brevi e dolorosi rantoli.

Ulf si mise in ginocchio, strappando strisce di tessuto dai suoi stessi vestiti per fare una fasciatura. «Non avrei dovuto spostarti così presto.»

«Va tutto bene, fratello.»

«No, è colpa mia. Ho preparato un fuoco troppo grande.»

«Ti stai mettendo in mostra» ansimò Haakon, e io mi inginocchiai vicino per zittirlo. Gli tenni stretta la mano mentre Ulf andava a recuperare le sue provviste. Il sonno prese rapidamente il guerriero ferito, lasciandomi sola con il suo compagno sfregiato.

Mi maledii per essere trasalita di fronte alle sue cicatrici. Il lato sinistro del suo viso era così accattivante che dimenticai il resto dell'uomo. Bello e sfregiato. Rigido, forte e inflessibile come una roccia. Eppure...

Quando rabbrividii, incapace di riscaldarmi, Ulf mi passò una pelliccia di lupo sulle spalle e mi raccolse tra le sue forti braccia. Ogni giochetto che avevo fatto svanì. Avevo bisogno di lui e non potevo nasconderlo.

Un po' di tempo dopo, mi svegliai di soprassalto. Un corpo bollente giaceva accanto a me. Un corpo forte, vestito solo con un perizoma. Per un attimo pensai di essermi accoccolata accanto ad Haakon, ma poi l'uomo alzò la testa e la luce della luna catturò la sua guancia devastata.

«Ulf...»

«Non volevo spaventarti» disse, inclinando il viso per nascondere le cicatrici.

Non so cosa mi portò a farlo, ma gli toccai il mento, calmandolo. Al contrario di ciò che mi aspettavo, Ulf non rabbrividì, ma chiuse gli occhi mentre tracciavo la linea delle sue cicatrici, lisciando la dura cresta con la punta delle dita.

Non tutta la sua pelle era screziata e fusa. Il lato destro del suo viso era liscio, persino piacevole. Le sue labbra erano sode e sottili.

Mi spostai con disagio. Il liquido colava dalle mie parti basse. Allontanai la mano, rotolando sulla schiena. Avrei dovuto dormire, riposare per poter pianificare la mia fuga. Non dovrei pensare alle sue labbra...

«Grazie di avermi salvata» sussurrai.

Il suo corpo sussultò accanto al mio. Lo avevo preso in contropiede, con la mia gratitudine?

Prima che potessi pensare, rotolai su di lui. Premetti le mie curve contro il suo corpo duro, meravigliandomi di come ci adattassimo.

«Laurel?»La sua mano toccò i miei capelli, esitante.

«Mmm...» risposi, già pronta a riaddormentarmi. Non stavo adottando una qualche tattica. Non sapevo cosa stavo facendo, ma una cosa la sapevo. Ulf non si riteneva degno del tocco, dell'amore o dell'affetto di una donna.

Avrei così tanto voluto essere abbastanza coraggiosa da restare e dimostrargli che si sbagliava.

Ma non potevo. Dovevo andarmene prima che i miei sentimenti mi legassero per sempre a questi uomini.

* * *

QUANDO MI SVEGLIAI, Haakon giaceva addormentato. Non si svegliò quando mi mossi. Però sembrava ancora integro e vivo.

Ulf se n'era andato, molto probabilmente a controllare potenziale pericoli. Era giunto il momento. Alzandomi, mi avvolsi la pelliccia intorno alle spalle.

I miei piedi si spiaccicarono sulle foglie fangose mentre seguivo il ruscello nascosto fuori dalla gola. Il Sole era alto, e mi ero davvero persa quando mi resi conto di non essere sola.

Con lo stomaco che tremava, affrontai il mio inseguitore.

«Da quanto tempo mi stai seguendo?»

In risposta, Ulf camminò verso di me. I suoi stivali non facevano rumore sul terreno ghiaioso. Non fece alcuna mossa per nascondere il suo volto rovinato mentre mi prendeva il polso. Lo seguii volentieri, esitando solo quando il nostro accampamento fu in vista. Haakon era sveglio e seduto.

Mi dispiace, gli dissi a bassa voce. Il suo sguardo gentile era più pesante di quanto potessi sopportare.

«Hai intenzione di punirmi di nuovo?»chiesi a Ulf. Una parte di me aveva sempre saputo che non sarei scappata. Ero fuggita solo perché potessero riportarmi indietro?

Ulf mi prese tra le braccia e mi strinse, con le linee dure del suo viso e il cipiglio severo in contrasto con la sua gentilezza. Tremavo contro di lui. Quando si allontanò, tenni gli occhi a terra, incapace di guardare lui o Haakon.

Ulf mi portò di fronte a lui e mi tirò la veste. «Via.»

«Cosa?»

«Hai disobbedito. Te lo restituirò quando sarò sicuro che ti abbiamo addestrata a non scappare.»

Lentamente, mi scrollai di dosso il vestito e glielo porsi.

«Tutto.» Trascinò il vestito su un cespuglio e piegò le braccia. Non mi costringeva né mi tratteneva. Mi fece scegliere da sola di obbedire.

Una volta nuda, mi avvolsi le braccia intorno.

«Andrà tutto bene, piccola» disse Haakon.

Ulf mi legò i polsi e mi avvolse una cinghia di cuoio intorno al collo, facendo attenzione che il nodo non si stringesse quando tirava il guinzaglio.

«Ti siederai con Haakon.»

Haakon mi tirò per sdraiarmi sul fianco accanto a lui.

La sua mano mi accarezzò il braccio mentre Ulf si mise al lavoro. La sua ascia tagliò degli alberelli e li legò insieme per fare una struttura, proprio come aveva fatto per fare lo spiedo per il cervo.

«Cosa avete intenzione di farmi?»sussurrai.

Haakon mi accarezzòuna guancia. «Faremo in modo che tu non voglia più andartene.»

Il Sole pendeva basso a ovest per quandoUlf finì di costruire una robusta struttura. Poi se ne andò, e quando tornò aveva con sé un sacco di corda e altri conigli per la cena.

Si mise a cucinare e portò verso di noi una ciotola di cibo.

Alzai la mano perché mi slegasse, ma Haakon si mise a chiocciare e mi portò un boccone alla bocca. Con le guance che bruciavano dalla vergogna, lasciai che mi imboccasse come una bambina.

«Per quanto tempo mi lascerai così?»chiesi.

«Per tutto il tempo che ti servirà ad imparare» disse Ulf con voce dura come la selce.

Io trasalii e chinai la testa.

Ulf si accovacciò davanti a me.

«Perché sei scappata?»

«Non posso farlo» supplicai. «Non posso essere la vostra compagna.»

Le guance di Ulf si tinsero di rosso e distolse lo sguardo.

«Lo sei già.» La mano di Haakon andò alla deriva sul mio seno, e un piacere segreto mi attraversò.

«Sono stata cresciuta per essere una brava ragazza. Dovreste trovare qualcun'altra.»

Ulf mise la sua mano sul mio ginocchio e mi accarezzò. Il suo tocco fu esasperante. Mi allontanai con un sussulto e il suo viso divenne di pietra.

«Per favore, puniscimi e basta.»

«Molto bene» disse duramente, la sua espressione più rancorosa di quanto l'avessi mai vista. L'avevo respinto, mi resi conto. Ieri sera l'avevo tenuto vicino, ma avevo distrutto ogni fragile tenerezza quando ero scappata. Mentre Ulf mi slegava e mi conduceva al telaio, mi chiesi se avessi potuto espiare ciò che avevo fatto.

Il mio cuore batteva veloce mentre lui mi assicurava i polsi e le caviglie alla struttura. Mi legò le gambe, le braccia e il busto agli alberi. Mi ritrovai con le gambe divaricate e la vagina esposta. Chiusi gli occhi e tremai, muovendomi solo tanto quanto potevo fare con le corde.

Cosa avrebbe fatto? Mi avrebbe frustata? La mia schiena era rivolta alla struttura, ma i miei grandi seni erano esposti.

Aprii gli occhi quando Ulf si schiarì la gola. Aveva in mano una specie di ramo. Sussultai

«Conosci questo strumento di disciplina?»

Annuii. Le suore lo avevano usato su di noi, spesso.

«Mentre ti guardavo uscire, ero tentato di frustarti su e giù con questo. Haakon non vuole farti segni. Devo confessare che mi piacerebbe vederti segnata dalla mia mano.» Mi afferrò il seno, senza esitare nel toccare il mio corpo ora. Il mio cuore batteva più velocemente, il respiro arrivava a singhiozzi mentre lui stringeva e massaggiava la mia carne. Indifesa, legata davanti a lui, non volevo che il suo tocco finisse.

La mia intimità gocciolava.

Sospirai quando si allontanò.

«Ti colpirò come avvertimento. Avrai una sculacciata più tardi. Ti puniremo quanto serve per sottometterti alla nostra volontà.»

Annuii, incapace di distogliere lo sguardo. Il suo sguardo severo mi catturò, mi tenne più stretta di qualsiasi corda.

La luce del fuoco giocava lungo il bordo del suo viso devastato, mentre Ulf faceva scattare il ramo alcune volte, testandolo. Tirai un sospiro di sollievo al suono morbido.

«Non troppo, per il momento» Haakon parlò.

«Solo un po'» disse Ulf, e premette il ramo contro i miei seni. Gridai, e una linea rossa pungente apparve sulla pelle pallida. Mise il ramo sotto il mio seno, preparando il prossimo colpo. Il mio petto si gonfiò. Il bastone mi lasciò un segno sotto il seno.

«Un'altra» disse, e strofinò il ramo tra le mie gambe. Mi morsi il labbro per evitare di gridare.

«Dammi le tue lacrime, Laurel. Questo è il modo di compiacere i tuoi padroni. Rischieremmo di tutto per tenerti al sicuro. Le nostre stesse vite. E non ti permetteremo di gettare via la tua per paura.»

Le mie labbra tremavano. Mi dispiaceva, volevo gridare ma non avevo parole.

Segnò le linee delle mie cosce e mi pizzicò la vagina con il ramo.

Mugolai.

«Basta. Vedi di non fare altri guai.»

Scossi la testa freneticamente.

Ulf girò la struttura così potei vedere cos'altro aveva fatto.

Haakon ora giaceva sulla schiena tra due file di grandi massi ai lati.

«Sii delicato, fratello» disse Haakon. Ulf si limitò a grugnire mentre mi sollevava con la struttura e il resto, poi mi portò da Haakon e posizionò la robusta struttura sopra il guerriero prono. La fossetta di Haakon balenò verso di me. Ero sospesa sopra di lui, impotente, trattenuta dai numerosi nodi.

«Cosa stai facendo?» Mi dimenai, ma non riuscii a liberarmi.

«Quello che voglio.» Haakon allungò il collo per baciarmi. Le sue labbra mi seducevano mentre le dita vaganti mi pizzicavano i capezzoli, esploravano la mia fessura e stringendomi le natiche.

Uno schiaffo secco mi fece gridare nella bocca di Haakon. Ulf stava sopra di noi, con il ramo in una mano. Con l'altra sculacciò l'altra natica abbastanza forte da farmi guaire.

«Povero piccolo tesoro» canticchiò Haakon. «Ulf ti ha lasciatoun segno? Ti farò sentire meglio io.»

Con cautela si abbassò, e io gemetti quando mi resi conto del suo intento. Col corpo sospeso sul telaio i seni mi pendevano come frutta. Haakon era fin troppo ansioso di leccarli e succhiarli, facendo roteare la sua lingua lungo i segni delle frustate per lenirli. Baciava la linea delle mie ferite fino a farmi ansimare.

«Ti stai divertendo, fratello?»chiese Ulf.

«Non tanto quanto vorrei.»

«Reagisce bene al tuo tocco.» Il dito di Ulf premette contro il mio buco inferiore.

Gridai e cercai di dimenarmi, ma non riuscii a muovermi.

Haakon ridacchiò. «Voglio assaggiare la sua dolcezza...»Strinse i suoi denti attorno al mio capezzolo e io ansimai. Girando la testa, mi mordicchiò e i miei fianchi si scossero.

«Ti prego, no. Impazzirò.»

«Ci hai accusato di essere pazzi. Forse allora ti troverai meglio con noi. O forse la follia era nell'abbazia. Ragazze belle e lussuriose a cui è stato insegnato che la loro carne è peccaminosa...» disse Haakon. «Ti insegneremo tutto il contrario.»

Ulf sollevò di nuovo il telaio, facendomi girare in modo da pendere sopra le gambe di Haakon. Il suo uccello gigante ondeggiava nell'aria, rigido e fiero come un'asta di bandiera.

«Oh, no...» gemetti quando sentii il respiro caldo di Haakon sulla mia vagina.

HAAKON

*L*aurel sembrava inorridita. I suoi fianchi si sforzarono per quanto potessero. «Sicuramente non puoi avere intenzione di...»

«Perché no?» Le odorai le labbra inferiori. Girando la testa, sfiorai col lato ruvido della mascella la pelle tenera del suo interno coscia, abbastanza da farla mugolare. Non di paura. Ma di bisogno.

Non ci volle molto perché il suo dolce profumo mi sopraffacesse. Il mio pene era rigido come una pietra, scavai con la lingua nelle sue pieghe e leccai i suoi umori con lunghe carezze. I suoi fianchi si agitarono come se volesse sfuggirmi, e quando circondai il suo piccolo pezzetto di carne rosa che si stava irrigidendo e lo succhiai, lei urlò.

«Credo che le piaccia» osservò Ulf. Il bastardo probabilmente aveva il cazzo di fuori e stava giocando con la sua bocca.

Non finché non sarà addestrata a non morderci.

«Succhia questo, tesoro» canticchiò, e le mise il pollice in bocca. Attraverso il legame Ulf condivise il modo in cui le guance di lei si incavarono nello sforzo di obbedire.

Mi dedicai a lei tra le cosce, cercando la giusta pressione per farla sciogliere. Lei si inarcava e si scuoteva, rumori disperati le sfuggivano dalle labbra. Il suo corpo ondeggiava per il piacere. La struttura era una cosa brillante, il bellissimo corpo di Laurel esposto come un arazzo sul legno intrecciato. I suoi seni pendevano a portata di mano. Li premetti come un frutto maturo, e un succo delizioso si riversò nella mia bocca.

Venni così forte che la spruzzai col mio seme. Il dolore mi pulsava dietro la schiena, ma ne era valsa la pena. Allungando la mano, strofinai la roba appiccicosa sul suo ventre e sui seni. La bestia dentro ora dormiva, contenta che adesso Laurel portasse il mio odore.

Un grugnito mi disse che anche Ulf aveva finito. «Leccalo, tesoro.» Mi venne di nuovo duro immaginando la dolce carne di Laurel dipinta di sperma.

Spalancando le sue labbra inferiori, la baciai, sondando i suoi posti segreti con la lingua. Un urlo le uscì da bocca e la sua vagina si strinse, implorando di essere riempita. La ripuliidei suoi succhi con la mia lingua, e lentamente iniziai a circondare di nuovo il suo clitoride. Un urlo lasciò nuovamente le sue labbra mentre la mia lingua la scopava senza pietà, senza fermarsi, finché non gridò e si afflosciò.

È abbastanza, Haakon. È svenuta.

Il Sole invase la mia vista mentre Ulf rimuoveva la struttura, stendendo la nostra compagna e controllando il suo polso.

«È ancora viva, ma devo liberarla.»

«Dammela.» Allungai la mano e aspettai che Ulf me l'accomodasse in braccio. La massaggiai prestando particolare attenzione ai segni rossi dove la corda l'aveva trattenuta.

Si agitò e le diedi un po' d'acqua, ma per il resto della serata, fino a notte fonda, si lasciò cullare dalle mie braccia.

LAUREL

*A*l mattino non dissi nulla sugli eventi del giorno precedente. Per quanto riguardava la struttura invece, non riuscii nemmeno a guardarla. Lavorai sodo nelle faccende di casa per ritornarne un po' in me, e fui grata ad Ulf quando mi concesse di vestirmi.

Nemmeno Ulf disse qualcosa. A mezzogiorno tornò dalla caccia. Mangiammo delle quaglie, e quando finii mi fece un cenno, mi tirò sulle sue ginocchia e mise a nudo il mio sedere di fronte la sua mano.

«Quante volte devo essere punita?»

«Ancora e ancora» disse, stringendomi il sedere. «Tutte le volte che lo riteniamo opportuno. A meno che tu abbia deciso di non scappare più da noi. L'hai fatto?»

Chiusi la bocca. Non potevo restare e non potevo mentire.

Ulf mi sculacciò fino a farmi diventare claudicante. Quando la sua mano passò tra le mie gambe, controllando la mia umidità, non mugolai nemmeno.

«Come sta?»chiese Haakon.

«Bagnata» disse Ulf, e tornò a sculacciarmi il sedere, «Tu

appartieni a noi.» La sua voce mormorava a tempo col ritmo delle sue sculacciate. Una pressione si stava accumulando in me. Mi contorcevo per respingerla, ma non se ne andava.

Mi colpì il sedere ancora e ancora. Quando tornò a toccarmi, protestai, spingendo verso l'alto. Lui mi prese i polsi e li tenne all'altezza della mia schiena, e avvolse la sua gamba possente intorno alla mia. Non potevo sfuggire al bellissimo desiderio che avevo in corpo. La sculacciata continuò finché non sentii un impeto di piacere, una liberazione.

«Oh Dio...» singhiozzai. «Oh Dio.»

«Sh.» Ulf mi abbracciò mentre il mio orgasmo finì. «Non hai fatto niente di male. Non c'è niente di sbagliato in te.»

Il mio sedere pulsò per il resto della giornata. Dopo aver cenato, Ulf gettò le ossa nel bosco e tese ancora una volta la mano.

«Di nuovo, Laurel.»

«No» dissi, ma non feci resistenza quando mi tirò sulle sue ginocchia.

«Ti piace.»

«Non mi piace» sussurrai e chiusi gli occhi mentre lui dava degli schiaffi leggerissimi sul mio sedere nudo, quanto bastava per tentare il mio desiderio, alimentando il fuoco in una vampata ruggente.

«Non mentirmi. Che senso ha, quando so già che ti piace?»

«Non dovrei, allora» gridai, scalciando i piedi. «Non so perché provo queste cose.»

«Eppure lo fai.»

«Le ragazze perbene non fanno queste cose.»

«E invece eccoti qui, una ragazza perbene che si lascia andare a queste cose, e ne gode.»

«Io non godo!»

«Oh sì, che lo fai...» Le percosse aumentarono di intensità

fino a che non mi ritrovai ad ansimare. Il mio didietro bruciava, ma non quanto la mia vagina. Un altro colpo e la diga si ruppe, inondandomi di piacere.

Solo quando Ulf mi fece sedere e mi asciugò le lacrime, mi resi conto che stavo piangendo.

«Che brava ragazza»disse, abbracciandomi, e io mi rannicchiai contro di lui, sentendomi forte e sicura con quest'uomo che non mi avrebbe permesso di scappare sia da me che da lui.

Delicatamente, mi mise in piedi. «Vai ora. Sdraiati accanto ad Haakon e fagli compagnia.»

Haakon mi aprì le braccia. Piegai il mio corpo accanto al suo, facendo attenzione a non disturbarlo. Sembrava ogni giorno più forte, ma spostarlo aveva ritardato la sua guarigione.

* * *

MI STESI ACCANTO AD HAAKON, con tutto il corpo arrossato come se fossi stata troppo vicina al fuoco. «Non so cosa mi stia succedendo.»

«È normale. È il tuo calore.»

«Perché sono in questo stato? E perché mai volete me?»

«Sh... tu sei perfetta, Laurel. La Bestia ha bisogno di un'ancora. Qualcuna da amare. Qualcuna da dominare. Qualcuna da controllare. Una compagna.»

Mi leccai le labbra per poter parlare. «Tu pensi che io sia la vostra compagna....»

«Non è un pensiero. *So* che lo sei. Presto ci uniremo. Ti unirai a me e a Ulf, e le nostre menti s'intrecceranno. Saremo una cosa sola.»

Quasigridai. Quel vuoto nel mio corpo, quel desiderio, ora sapevo cosa l'avrebbe saziato.

«Haakon, non posso. Non ho niente. Non sono niente. Come posso essere la vostra compagna?»

«Quando siamo arrivati all'abbazia, ti abbiamo fiutata da lontano. Appena ti abbiamo trovata, abbiamo capito. Dal primo vaso che hai lanciato.»

«Ho paura…»

«Lo so, piccola. Ma non è di noi, che hai paura. Hai passato tanti anni a soffocare quello che sei. Nascondendoti dal mondo. Col tuo spirito combattivo. La tua risata. La tua bellezza…» Mi strinse i capelli, tirandoli leggermente. «Ma non puoi nasconderti da noi. Credo che questo ti spaventi più di tutto.»

«Nascondermi è sempre stato l'unico modo per tenermi al sicuro.»

«*Noi* ti terremo al sicuro, da ora in poi.»

Non avevo alcuna risposta a questo. Non avevo paura del pericolo. Avevo paura di come questi uomini mi avrebbero fatta sentire. La potente eccitazione mi aveva travolta fino a farmi perdere la testa. Quando il calore mi avrebbe consumata, sarebbe rimasto qualcosa di me?

«Non lo so…» sussurrai.

«Non hai bisogno di saperlo. Non hai più bisogno di pensare. Hai solo bisogno di fidarti di noi. Fidati di me.»

Allungai il collo per vedere la sua faccia. Il guerriero sorridente. Si era buttato da un precipizio… per me.

«Va bene.»

Mi strinse a sé. Sembrava trattenere il respiro mentre aspettava la mia risposta.

«Mi fido di te.»

Prendendo il mio mento, mi rivendicò con un bacio. La temperatura del mio corpo salì immediatamente. Mi spinsi contro di lui, desiderosa di sentire la sua pelle contro la mia.

Però ruppi il bacio. «Non voglio farti del male.»

«Il mio corpo è stato frantumato per te. Fai quello che vuoi.»

«Bacerò il male che ti ho causato.»

Sciogliendo la treccia lasciai che i miei capelli fluissero sulla sua pelle, e spinsi le labbra lungo il suo corpo duro. La mia lingua esplorò l'ampiezza dei suoi muscoli, le mie mani tracciarono piani e creste. Mi persi nel terreno ampio che era il suo corpo.

«Oh, piccola» sospirò lui, e lasciò che lo afferrassi sotto il suo lino.

«Non voglio farti male» ripetei. Avevo causato abbastanza dolore a quell'uomo.

«Non lo farai» disse,guardandomi con assoluta fiducia.«Fai quello che vuoi, piccola. Sono tuo.»

Strisciando tra le sue gambe, lo misi a nudo per me. Appoggiai i miei seni su entrambi i lati del suo uccello, strofinandolo su e giù con la mia carne morbida. Abbassando la testa, lo assaggiai.

«Oh, piccola...» gemette lui. Sorridendo, strinsi i miei seni intorno al suo palo, baciando e leccando alternatamente la punta. Le sue cosce si tesero.

«Vieni.»Mi tirò indietro, per farmi sdraiarmi accanto a lui. Mi baciò mentre si accarezzava.

«Posso?» Avvolsi la mia piccola mano intorno a lui, meravigliandomi del suo morbido calore.

«Brava bambina. Adorabile Laurel...» Mi lasciò lavorare il suo uccello e fece scorrere la mano sul mio corpo. Le sue dita scivolarono tra le mie labbra inferiori, trovando il punto dolce e facendolo girare. Mi stuzzicò finché i miei fianchi non si strinsero e io ansimai.

«Prova a dire il mio nome, piccolo tesoro.»Le sue labbra trovarono il mio orecchio. «Dimmi chi possiede il tuo piacere.»

«Haakon.»

«Vuoi il tuo piacere? Dimmelo.»

«Sì.»

«Supplica il tuo compagno.»

«Ti prego…»Riuscivo a malapena a pensare. «Ne ho bisogno. Ho bisogno di... Haakon...»

«Vieni, piccola.»

Mentre il mio orgasmo mi attraversava, pompai l'uccello di Haakon più velocemente. Era caldo e duro nella mia mano.

«Laurel...» I fianchi di Haakon si scossero mentre veniva. Lasciai che il fluido cremoso ricoprisse la mia mano. Tremava un po', il sudore si stagliava sulla sua fronte pallida.

«Haakon? Fa male?»

«Sì. Ma ne vale la pena.»

Andai a prendere un panno, lo pulii e mi accoccolai al suo fianco.

«Allora, quando ci leghiamo?»

«Il legame può richiedere del tempo per formarsi. Penso che prima Ulf debba accettarti come nostra compagna.»

Io sospirai. «Mi odia, non è vero? Non ho fatto altro che farmi odiare…»

«No, non è vero.» Haakon mi baciò i capelli. «Ulf non pensa di essere abbastanza bello da meritarti.»

Io scossi la testa. «All'inizio pensavo che le sue cicatrici mi spaventassero, ma… mi piacciono, invece. Forse dovrei dirglielo.»

«Dovresti, piccola, e puoi, se vuoi. Ma non basteranno le parole… Dovrai dimostrarglielo.»

* * *

Una mano ruvida mi svegliò.

«Laurel, alzati.» Ulf mi porse l'abito e gli stivali. «Vestiti. Fai in fretta.»

Obbedii, riservandogli solo un'occhiata. Come al solito, non riuscii a leggere la sua espressione.

L'aria era fresca e secca, un accenno di sporco nella brezza. Ma sopra le nostre teste nuvole grigie galleggiavano nel Cielo. In lontananza gli uccelli gracchiavano accompagnati da un rumore simile a un gran numero di ali impetuose.

«Lo senti?» chiese Ulf.

«Sì» rispose Haakon.

«Il Re dei Morti ci ha trovati. I Grigi stanno arrivando.»

«Sapevamo che saremmo arrivati a questo» disse Haakon a bassa voce.

Ulf fece un cenno con la testa. Con un movimento rapido si alzò e sollevò l'ascia.

«Che succede?»Scattai in piedi, in preda al terrore. Ma Ulf lasciò solo che l'ascia colpisse il terreno vicino ad Haakon, che la raccolse.

«Non preoccuparti, Laurel. Non riusciranno ad uccidermi così facilmente.» I suoi occhi lampeggiarono.

«Cosa? No!»Mi precipitai al fianco del guerriero ferito. «Haakon...»

Ulf mi afferrò alla vita. «Dobbiamo andare, Laurel.»

«No!» gridai. «Non lo lascerò qui!»

«Devi» disse Haakon. «Non posso tenerti al sicuro.»

Mi contorsi tra le braccia di Ulf. «Lasciami almeno dire addio...» implorai.

Mi fece scendere e mi buttai accanto al guerriero prono.

«Oh, piccola» sospirò mentre appoggiavo delicatamente la testa sul suo petto nudo. «Devi fare la brava. Promettimelo.»

«Te lo prometto.» Strinsi gli occhi, nascondendo le lacrime. Girando la testa, gli diedi un bacio sul suo cuore. Lui mi prese il mento, lo sollevò e reclamò le mie labbra. Come sempre il mio corpo rispose con una bellissima ondata di emozioni. Perché mai avevo resistito a tutto ciò?

«Ora devi andare.»

«Non voglio...»

«Devi fare ciò che ti dice Ulf. Se non lo farai, ho paura che tu possa perdere la vita.»

«Obbedirò, lo prometto.»

«Brava compagna.»Haakon mi baciò la fronte.

«Dobbiamo andare, Laurel. Subito» ordinò Ulf, tirandomi in piedi.

Mi affrettai dietro di lui cercando di stargli dietro. Azzardai un'occhiata dietro di me. Haakon era seduto in piedi, appoggiato a un masso. Sembrava disinvolto, ma sapevo che era impotente.

Avevo voglia di urlare. L'avrei mai rivisto?

Quando inciampai, Ulf mi prese in braccio senza fare commenti.

La foresta si confuse mentre il guerriero correva. Provai un momento di sconcerto quando rallentò.

«Aspetta qui.» Mi mise giù e scomparve. Mi accovacciai dietro un masso. La sensazione di torpore dentro me corrispondeva al silenzio inquietante della foresta.

Ulf tornò al mio fianco nel giro di un minuto e mi raccolse prima di correre verso un'altra direzione. Ma dopo poco sbandò fino a fermarsi e imprecò sottovoce.

«Cosa c'è?» Mi aggrappai a lui, non potendo farne a meno.

«Grigi. Ne sento l'odore più avanti.»

Ulf cambiò di nuovo direzione, per poi fermarsi di nuovo. «Siamo circondati. Sono troppi per combattere.»

Se avessi allungato il collo avrei potuto vedere ciò che aveva fiutato. Una schiera di Grigi che si muovevano tra gli alberi.

«Dobbiamo tornare indietro!»Gli afferrai le spalle mentre

lui riprendeva a correre, diretto verso Haakon. Ma quella strada non era una via di fuga.

Senza dire nulla, Ulf scelse un'altra direzione. Era inutile. Ovunque ci girassimo i cespugli crepitavano sotto centinaia di piedi. I cadaveri marci riempivano l'aria di un fetore opprimente.

Tra gli alberi intravedevo sempre più spesso i Grigi.

«Ulf…» lo chiamai, allungando il braccio per indicare. Si fermò su una collina boscosa. Due gruppi di Grigi convergevano e iniziavano a salire. Ogni via di fuga sembrava essere scomparsa.

«Ci stanno dando la caccia» disse Ulf con aria torva.

«Vogliono me, vero? Mi consegnerò.»

«Mai!» Le sue braccia si strinsero su di me mentre correva. Ma persino io capii che ci stavano rispedendo indietro da dove eravamo venuti.

«Aspetta…» dissi. «Mettimi giù.»

Ulf esitò e io sibilai: «Non c'è tempo!»

Una volta a terra mi strappai il vestito. «Corri con questo» dissi. «Diffondi il mio odore il più possibile. Se dovessero dividere le loro forze una via si libererà.»

Lui annuì. «Torna da Haakon.» Indicò la strada. «Nasconditi.»

Quando arrivai senza fiato al campo la fronte di Haakon si corrugò. «Piccola?»

«Sh» dissi, strisciando al suo fianco. «Siamo circondati. Ulf li sta distraendo.»

«Devi nasconderti» disse lui. «Non posso raggiungere Ulf, il Re dei Morti sta bloccando il nostro legame. Temo che entrambi abbiate perso la possibilità di scappare.»

«Non avevo intenzione di lasciarti.»

«Devi. Vai alla scogliera, Laurel, trova un posto dove nasconderti. Io e Ulf ne combatteremo il più possibile. Una volta che il loro numero sarà diminuito…»

Scossi la testa: «Non sopravvivrei, senza di voi.»

«Devi!» ringhiò Haakon. «Dannazione, devi andartene. Nasconditi dai Grigi. Odiano l'acqua...»

«È solo questo che temono?»chiesi, con un barlume d'idea.

«E Berserker, quando siamo abbastanza, ma in questo momento non è così. Cercherò di far sapere agli Alpha che state arrivando...»

«Haakon» dissi, mantenendo quanto più possibile la calma. Il brivido lungo la schiena mi diceva che i Grigi si stavano avvicinando ogni momento di più. «Non ti lascerò. Devi dirmi cosa fare. Ho intenzione di combattere.»

Il guerriero imprecò.

Mi guardai intorno. A pochi metri di distanza alla base del burrone il terreno era bagnato. «Il ruscello» sussurrai.

«Non è abbastanza, piccola. Il terreno è umido, ma non basterà a tenere lontane le forze.»

«Non mi importa dei Grigi!»Mi arrampicai verso lo zaino abbandonato di Ulf, pregando che avesse quello che mi serviva. «Mi importa di noi.»

Un minuto dopo, Haakon mi guardò soffiare su un mucchio di aghi di pino. La fiamma si accese abbastanza rapidamente. Il terreno dall'altra parte del burrone, sotto i pini, era asciutto. E Ulf aveva lasciato la sua pietra focaia.

«Ecco» sussurrai alimentando la fiammella con bastoncini intinti nella pece. Corsi lungo i piedi secchi degli alberi, accendendo piccoli fuochi dove potevo. Con un po' di fortuna, quando i Grigi sarebbero arrivati, una fiamma intensa avrebbe protetto Haakon e la mia via di fuga.

Tornai strisciando da Haakon.

«E adesso?»

«Ora aspettiamo.» Soffrivo mentre il fuoco crepitava e scoppiettava, crescendo a ogni ramo immerso nella pece che divorava. La corteccia dell'albero cominciò a fumare.

«Ulf non potrà venire a prenderti.»

Soffrivo, sapevo che il guerriero temeva il fuoco. Era quello che mi aveva dato l'idea.

«Vai, ragazza. Arrampicati sulla scogliera il più lontano possibile e nasconditi.»

Mi alzai in piedi. «Non andrò senza di te.»

Lui sospirò. «Io non posso camminare, piccola.»

«Lo so.» Mi morsi il labbro.Era troppo grande per essere trascinato da me. «Se porto l'ascia, riusciresti a gattonare?»

ULF

I Grigi avanzarono, sibilando come serpenti. Mi tenni lontano da loro, fiutando invece un branco di cervi che avevano aspettato troppo a lungo per scappare. Con uno scatto in velocità ne sorpresi uno, afferrandolo e avvolgendogli un pezzo del vestito rosso di Laurel. Il cervo scappò col tessuto che svolazzava dalla sua fragile gamba, rosso come una ferita.

L'ultimo brandello di stoffa era sparito. I Grigi stavano cominciando a deviare dalla loro formazione, inseguendo l'odore di Laurel legato alla preda sbagliata. Presto il cervo sarebbe stato massacrato e avremmo perso la nostra esca in questo angolo di bosco, ma se avessi corso velocemente avremmo avuto una possibilità di fuga.

Mentre mi giravo, un odore amaro mi soffocò. Un crepitio familiare riempì l'aria, stavolta molto amplificato. Ai miei piedi gli scarafaggi strisciarono fuori dal bosco e fuggirono. Non lontano dai Grigi. Verso di loro.

La mia pelle prudeva per la vecchia paura, e sapevo cosa aveva fatto Laurel.

* * *

ALLA FINE, Haakon tenne l'ascia tra i denti mentre strisciava. I suoi muscoli erano tesi e il sudore gli colava sulla schiena scoperta, ma riuscimmo ad avvicinarci alla scogliera.

«Lì» indicai. «C'è una grotta.»

«Vai» si sforzò di dire, a denti stretti.

«Andrò una volta che ti sarai nascosto.»

Accelerò. Mi morsi il labbro e aspettai.

Dietro di noi il fuoco infuriava fuori controllo. Si propagò più velocemente di quanto avrei potuto immaginare, le fiamme divoravano l'acciarino secco alla base dei pini. Doveva ancora attraversare la zona umida di terra in fondo al burrone.

Non osai respirare fin quando Haakon non si infilò nella bocca di quella piccola grotta.

«Me la caverò, piccola!» disse, stringendo l'ascia. «È abbastanza umido qui. Lasciami. Arrampicati sulla scogliera e vai in alto. Ulf ti troverà.»

Corsi fuori e mi fermai. I Grigi emersero dagli alberi sulla collina sopra la gola, pallidi e puzzolenti come vermi. Un sibilo proveniva da loro, abbastanza forte da contrastare il fuoco. Impugnavano delle lance. Se fossero arrivati in fretta sarebbero riusciti ad evitare il fuoco, le lance avrebbero raggiunto Haakon e...

«Vai, piccola. Cosa stai aspettando?»

«Sono il premio che il Re dei Morti vuole, giusto? I Grigi non mi faranno del male.»

«Cercheranno di prenderti! Aspetta Ulf...»

«Mi dispiace»mormorai. «Non posso obbedire.» Poi alzai la voce e agitai le mani mentre scendevo dalla collina verso il fuoco. «Ehi! Da questa parte!»

I Grigi si riversarono dalla linea degli alberi, dirigendosi nella mia direzione. Alcuni sembravano esitare di fronte alle fiamme roventi, ma quando uno inciampò, un altro lo fece cadere e lo scavalcò, prendendone posto.

«Forza!» gridai, tossendo. Il fumo stava diventando sempre più denso. Piegandomi, corsi con gli occhi lucidi finché non trovai quello che volevo. Un lungo ramo, la cui estremità era ricoperta di pece. Lo afferrai, corsi attraverso l'aria calda del fuoco e spinsi il ramo nella fiamma. Si infiammò immediatamente.

I Grigi ora potevano cercare di prendermi. Sarebbero bruciati.

Tossendo per il fumo, presi la torcia e mi diressi verso il mio nemico.

«Mi vuoi? Puoi avermi.» Con la torcia accesa in alto, corsi verso il gruppo di Grigi. Molti si ritirarono.

Il Grigio più vicino a me sollevò la sua lancia in modo che l'estremità puntasse verso il Cielo. Sentii un impeto di trionfo. Avevo ragione; non avrebbero osato uccidermi.

Spingendo la mia torcia verso di lui ebbi conferma della mia seconda intuizione. I Grigi erano cadaveri, piuttosto decrepiti. La torcia incendiò quello davanti a me.

La pelle secca e le ossa crepitarono sotto la fiamma, sbriciolandosi in polvere.

Gridai e soffocai nel vile fumo.

Il Grigio cadde, inghiottito dalle fiamme. Rotolò nella boscaglia, diffondendo il fuoco sui suoi compagni. Mani morte mi raggiunsero, e io le incendiai tutte.

Con grida sibilanti i Grigi cadevano sotto il fuoco.

Con occhi e naso gonfi, tossendo, corsi indietro da dove ero venuta, ma ormai c'era fuoco ovunque.

«Laurel!» Ulf era in piedi sulla cima della collina.

«Qui!» gridai, con la gola secca, mentre evitavo altri cespugli che prendevano fuoco intorno a me. Qualsiasi Grigio rimasto in quella foresta sarebbe bruciato.

Speravo solo che Haakon non bruciasse insieme a loro.

Ulf corse verso di me, rallentando mentre scansava le macchie di fuoco. Il sudore rotolava lungo il suo corpo. Il suo volto sfregiato era una maschera, ma questa volta potevo leggerne l'espressione. Paura.

La resina di un pino esplose e io mi coprii la testa per la pioggia di scintille.

«Laurel!» chiamò Ulf. «Vieni da me.»

«Ulf, non posso! Le fiamme...»

«Vieni da me. Non ti lascerò bruciare.»

Ma quando corsi verso di lui, il calore mi si accese in faccia, ancora più caldo del forno più caldo che possa esistere. Pensavo di poterlo sopportare, ma non ci riuscii.

Con un ruggito, corse verso di me attraverso il fuoco. La creatura che mi raggiunse era metà uomo e metà bestia. Le fiamme lacerarono il suo corpo ricoperto di peli.

Mi afferrò e corse a ritroso per la collina. Superando gli alberi ancora non caduti col fuoco che continuava a consumarli dall'interno. Superando i resti in fiamme dei Grigi. Tenni un braccio sugli occhi per proteggerli dal fumo. Il respiro abbandonava i miei polmoni, la pelle mi si stava riempendo di vesciche per il calore, ma lui mi teneva stretta.

«Sei ferita? Ti sei bruciata?»

Mi aggrappai a lui.

Scossi la testa. Mi faceva male parlare.

Tutto intorno, le fiamme stavano divorando la foresta.

Che cosa avevo fatto?

«Ulf...»soffocai, con la gola cruda che implorava acqua, «dobbiamo andare a prendere Haakon...»

«Troppo tardi.»

E realizzai ciò che avevo combinato. L'avevo ucciso. Avevo ucciso il mio compagno.

Lasciai cadere il braccio, rotolando tra le braccia di Ulf per guardare di nuovo le macchie rosse. Il mondo si confuse. Il fumo mi riempì i polmoni.

«Laurel? Laurel! Resisti...»
Lasciai che l'oscurità mi prendesse.

LAUREL

*Q*ualcuno *mi stava richiamando dall'oscurità. Dovevo raggiungerli...*

Mi svegliai con dei panni rinfrescanti che mi soffocavano il viso.

«Ulf? Haakon...» piagnucolai e mi dimenai, strappando le bende come fossero catene.

«Sh, Laurel.»

«Sorella Juliet?» Riconobbi una delle suore. Era un'orfana, ma aveva preso i voti.

«Solo Juliet» mi disse con uno sguardo triste. «L'abbazia non c'è più.»

Volevo rispondere che i suoi voti erano ancora intatti, ma sembrava scossa, così tenni a freno la lingua.

«Come ti senti?» mi chiese. Ero sdraiata in una loggia su un letto morbido, vestita con un abito nuovo e pulito. Le mie ustioni erano fasciate e la mia faccia era screpolata, ma non pulsava troppo.

«Dove mi trovo?» gracchiai.

Lei portò un recipiente d'acqua alle mie labbra e io bevvi.

«Sei nella casa dei Berserker, insieme a tutti i prigionieri.»

«Quanti sono qui? Sono sfuggiti al Re dei Morti? Dove sono i miei compagni?»

Juliet mi zittì, rovesciando la tazza riempita in modo che potessi bere.

«Hai dormito per un giorno e una notte. Un Berserker con la faccia sfregiata ti ha portata qui.»

«Quello è Ulf» dissi, desiderosa di notizie. «È qui? È stato ferito gravemente?»

«Forse qualcun altro potrebbe rispondere alle domande meglio di me» fece un passo indietro, con un'aria così triste che avrei voluto confortarla. Ma poi vidi un volto familiare che sbirciava attraverso il recinto foderato di arazzi dove giacevo.

«Hazel!» gridai. Il viso abbronzato e adorabile si aprì in un sorriso. Si fece avanti, vestita con un bell'abito, i suoi capelli intrecciati con i fiori e le trecce. Portava una collana di metalli e stivali bordati di pelliccia. Il suo viso brillava.

Saltò sul letto e mi abbracciò forte.

«Laurel! Sei viva e stai bene.»

«Anche tu» mi sorpresi di fronte alla mia amica. «Pensavo fossi morta...»

«Abbiamo pensato lo stesso di te. Il Re dei Morti ha attaccato molte persone mentre lasciavano l'abbazia, ma la maggior parte è fuggita. Il mio compagno mi dice spesso che non c'è molto che possa uccidere un Berserker.»

Quasi scoppiai a ridere alla sua imitazione di un burbero guerriero, ricordando i miei compagni. Poi le afferrai il braccio. «Hazel, dove sono gli altri? Sono al sicuro?»

«Molti lo sono. Sage e Willow sono tornate. Sorella Juliet sta vegliando sui giovani. Tu sei stata portata qui priva di sensi per aver respirato il fumo, ma ci sono potenti guaritori.»

«E i miei compagni? Haakon e Ulf? Ci sono notizie?»

La fronte di Hazel si corrugò. Mi si rivoltò lo stomaco.

«Ti prego, dì qualcosa. Ulf è almeno qui? Posso parlargli?»

«Non lo so, Laurel...» Hazel afferrò la mia mano. «Dammi un momento. Chiederò al mio compagno.» Chiuse gli occhi ed ebbe uno sguardo di intensa concentrazione che riconobbi in Ulf e Haakon, quando intuii che stava parlando con loro telepaticamente. I secondi trascorsero mentre stringevo la mano di Hazel.

Al di là delle tende che circondavano il letto si levarono delle giovani voci fino alle travi, insieme a quella di sorella Juliet.

Hazel iniziò e sbatté le palpebre.

Non riuscii a trattenermi dallo sbottare: «Hai un compagno?»

«Sì» disse senza fiato, arrossendo un po'. Non era contenta che le stessi chiedendo di un altro Berserker. Poi mi spiegò. «Lui è, uhm, protettivo.» Lo sguardo dolce sul suo viso mi disse che le piaceva.

«È stato in grado di dirti...»

«Sì. Ulf ti ha portata qui e se n'è andato con un branco a cercare suo fratello guerriero.»

«E...?»

«Questo è tutto quello che il mio compagno sa» sussurrò Hazel. «Mi dispiace tanto.»

Mi asciugai velocemente le lacrime. «Va tutto bene. È abbastanza per mantenere la speranza.»

«Continua a sperare» disse lei. «E aspetta. I Berserker sono forti. È ovvio che tieni molto a loro.»

«Sono i miei compagni...»Pronunciai quelle parole che avevo lungamente rifiutato. Sembrava qualcosa che avevo sempre saputo.

Hazel sembrò sbalordirsi della cosa.

«Hazel? Cosa c'è?»

«Non sapevo che ti fossi già legata a qualcuno.»

«Io... voglio dire, non l'ho fatto. Non c'è un legame con la loro mente. Ma questo può richiedere un po' di tempo per formarsi, giusto?»

«Può» disse Hazel lentamente. «Ma non è per questo che mi sono chiesta se hai un compagno o no.»

«Io ho un compagno. Ulf e... Haakon.» Se Haakon fosse ancora vivo.

C'era un tocco di pietà nel volto di Hazel.

«Dimmelo» implorai.

«Sei nel rifugio delle profetesse non accoppiate. Sorella Juliet e le ragazze più giovani, nessuna di loro è stata reclamata. Gli Alpha hanno decretato che una donna deve andare in calore prima di poter essere reclamata.»

«Ma cosa c'entra questo con me?»

«Ulf e Haakon hanno costruito un rifugio per la loro futura compagna. Ma Ulf ti ha portata qui. Mi dispiace, Laurel. Non credo che Ulf ti avrebbe lasciata qui, dove qualsiasi guerriero avrebbe potuto reclamarti se fosse stato davvero il tuo compagno...»

* * *

Corsi attraverso la foresta in fiamme, schivando i rami che cadevano. Il mondo intero era in fiamme. Presto mi sarebbe venuto addosso.

«Ulf!»gridai. «Haakon!»

«Laurel?»Un debole sussurro mi attirò attraverso l'oscurità crescente. Mi avviai verso di lui, guardando l'oscurità densa come l'acqua.

«Haakon? Sono qui. Dimmi dove sei» implorai. Il mondo si rimpicciolì e io lo attraversai strisciando come in un tunnel. «Ti *sento respirare. So che sei vivo. Ti troverò. Resta sveglio, amore mio. Resta sveglio!»*

Mi svegliai di soprassalto.

«Come sta?»

Una voce oltre la tenda, ovattata. Sorella Juliet, o Juliet, come preferiva essere chiamata, rispose con una voce troppo bassa perché potessi sentirla.

Non sapevo quanto tempo fosse passato da quando Hazel aveva lasciato il mio fianco. Non aveva importanza. La mia vita, il mio tempo non avevano più importanza.

Haakon era scomparso e si pensava fosse morto. Ulf mi aveva lasciata da sola per essere reclamata da un altro.

Mi rotolai su un fianco, svuotata dalle lacrime. Avrei voluto non essere stata io ad aver appiccato quel fuoco. Ulf odiava il fuoco. Mi avrebbe odiata ancora di più ora che avevo ucciso il suo fratello guerriero con la stessa cosa che gli aveva lasciato quelle cicatrici?

«Laurel?» Hazel tirò indietro la tenda. «Ci sono due persone che vogliono vederti.»

Le due si rivelarono essere Sage e Willow, mie vecchie amiche. Abiti eleganti, stivali di pelliccia, volti arrossati: l'immagine stessa delle spose Berserker. Le abbracciai ma non ci provai nemmeno, a fingere di essere felice.

«Oh, Laurel...» Sage mi accarezzò i capelli. Con le sue guance rosa e i capelli color lino, sembrava molto più sana dell'ultima volta che l'avevo vista, come se avesse mangiato bene per settimane, non solo per giorni.

«Ti trovo così bene» mormorai, non volendo affrontare altra pietà.

«I miei compagni» disse lei, arrossendo. «A loro piace... prendersi cura di me.»

Willow e Sage mi raccontarono le loro storie mentre mi vestivo. La vecchia Laurel non avrebbe creduto ai loro racconti. Molte cose erano cambiate per tutte noi. Eravamo cambiate. Non eravamo più le stesse ragazze dell'abbazia.

Sage aveva finito e si era seduta a spazzolarmi i capelli quando Juliet mi interruppe con aria preoccupata. «Laurel, puoi aiutarmi?»

«Certo.» Mi affrettai a seguirla.

«I nostri rapitori ci hanno portato del cibo. Ma...» Fece un cenno con la mano alla grande carcassa che giaceva accanto al focolare.

«Capisco» dissi. «Hazel, la tua amica può prepararcela meglio?»

«Sì, ma non qui. Nessuno dei Berserker può entrare qui, pena la morte. Il decreto degli Alpha» spiegò Hazel.

«Avrebbero potuto almeno scuoiarlo...» Willow pungolò la selvaggina morta con il piede.

«Non è la prima volta che ci è stata consegnata della selvaggina. In effetti, la carne è tutto ciò che abbiamo da mangiare. Forse il tuo compagno...» il naso di Juliet si gonfiò di disgusto alla parola, «ci troverà un cibo più adatto. Non siamo abituate a una dieta così ricca.»

Hazel si tirò su. «Sono sicura che i nostri *salvatori*»disse, evidenziando la parola, «saranno felici di fornirci qualsiasi cosa ci serva.»

«Non c'è bisogno di litigare...» mormorò Sage. «Siamo dalla stessa parte.»

Juliet annuì rigidamente. Indossava un abito robusto molto simile al nostro, ma si era coperta i capelli con un velo come facevano le monache dell'abbazia. I suoi occhi erano un po' rossi. «Nel frattempo, cosa mangeremo?»

«Posso fare del porridge» dissi loro, «se mi date una pentola e i cereali.»

«Oh, Laurel fa il miglior porridge!» intervenne Clover, una delle giovani. «Ci mette anche le prugne.»

«Non so se possiamo avere delle prugne in questo momento, però» dissi.

«I Berserker possono ottenere qualsiasi cosa» disse Hazel. «Anche se è più difficile in questo momento, con gli Alpha che limitano i viaggi a causa del Re dei Morti.»

«Chi?» chiese una delle altre ragazze.

«Un re, cara» intervenne subito Juliet. «È in guerra con questi... guerrieri.»

«Ti spiegheremo meglio più tardi» disse Hazel, alzando un sopracciglio verso Juliet. «A un certo punto dovranno sapere.»

Juliet fece un cenno rigido. «Venite» disse alle sue incaricate. «Vediamo se le guardie ci lasceranno andare di nuovo nel prato a raccogliere margherite.»

«Che cos'ha Juliet?» Chiesi non appena il posto fu libero.

«Non lo so...» disse Sage accigliata.

Hazel fece spallucce. «È infelice di essere qui.»

«Dove sono le altre suore?»

«È data loro la possibilità di scegliere se venire o scappare. Juliet è l'unica a scegliere di restare per vegliare sulle ragazze più giovani e fare quello che poteva per proteggerle. Le altre sono scappate per salvarsi la pelle.»

«Sono felice che non siano qui» annunciò Willow. «Sono stati crudeli con noi.»

Rabbrividii, ricordando alcune delle punizioni.

«Probabilmente non sono sopravvissute» disse Sage con dolcezza. «Il Re dei Morti ha trasformato tutti gli uomini del villaggio in Grigi, e ha attaccato l'abbazia. Poi c'è stato un grande terremoto. Il posto è stato distrutto.» Alzò gli occhi verso noi tre che la guardavamo a bocca aperta. «O così mi dicono i miei compagni.»

«Chiederò a Juliet se sta bene. Gli Alpha non permetteranno che venga maltrattata» disse Willow.

«È troppo pericoloso per noi là fuori, comunque» sbuffò

Hazel. «Il Re dei Morti vuole disperatamente salire al potere. Almeno qui siamo al sicuro. Nessuno si prenderà cura di noi come i Berserker.»

Strinsi le labbra. Hazel era stata quasi sacrificata al Re dei Morti, ed era scampata per un pelo quando il suo compagno l'aveva salvata. Aveva un'opinione diversa dei Berserker rispetto alle profetesse che erano state portate via nel cuore della notte. Naturalmente, anche Willow e Sage erano felicemente accoppiate. Decisi che avrei parlato io stessa con Juliet. Se non altro, mi avrebbe distratta da Haakon e Ulf.

«Allora, dov'è questo porridge?» Chiesi, intrecciando le braccia con quelle di Sage e Willow.

«Te lo mostreremo» si rallegrò Hazel. «C'è un posto qui che potresti voler vedere. Una sorta di regalo per voi da parte dei Berserker.»

Hazel ci condusse fuori dalla loggia, ignorando la guardia lasciata sulla porta finché non abbassò il suo bastone davanti a lei.

«Non potete andarvene.»

«Posso. Il mio compagno mi sta aspettando.»

«Anche i nostri» disse Willow, anche se non guardò il Berserker negli occhi. Sage giocava con la collana che aveva al collo, con gli occhi bassi.

«Lei non è accoppiata» disse la guardia, indicando me. Le sue parole mi colpirono come una pugnalata. Lo fissai di rimando, finché Willow non mi afferrò la mano, sussurrando: «Occhi bassi.»

«La scorteremo, e i nostri compagni ci scorteranno. Nessuno si avvicinerà a lei. A meno che tu non intenda...» Hazel mi tirò in avanti, così i miei seni quasi toccarono il bastone che il guerriero teneva in mano. La guardia tirò su il bastone, arrossendo. Incontrai il suo sguardo audacemente, e lui scosse la testa e non ci fermò quando uscimmo.

«Andiamo.» Hazel mi trascinò con sé. Ci andai controvoglia. Per un momento mi ero distratta dai miei miserabili pensieri su Ulf e Haakon. La guardia era stata un po' sciocca, ma carina.

«Non c'è da stupirsi che ci siano state così tante petizioni per corteggiarti» mormorò Willow.

«Cosa?» Distolsi lo sguardo dalla guardia.

Sage scrollò le spalle. «I Berserker possono dire con certezza che sei entrata in calore.»

Altre tre guardie si aggiravano ai margini del campo dove Juliet e i piccoli stavano facendo delle catene di margherite. In quella bella giornata calda erano pesantemente armate e all'erta, come se si aspettassero un attacco.

«Le guardie non possono avvicinarsi troppo» mi disse Hazel. «E ce ne sono almeno quattro, forse di più, nascosti nel bosco. Mattina, mezzogiorno e notte. Il Re dei Morti potrebbe non avventurarsi mai qui, ma gli Alpha dicono che non si può mai essere troppo prudenti.»

La casa delle profetesse non accoppiate si trovava su una cresta rocciosa in una parte isolata della montagna. Per raggiungere i sentieri principali, dovevamo arrampicarci intorno a massi enormi, e farci strada su un ponte teso attraverso un burrone.

«È come se stessero proteggendo un tesoro prezioso»mormorai, mentre attraversavamo il ponte.

Sage si voltò a guardarmi, con le gonne sollevate tra le mani delicate. «Sono loro.»

Altre due guardie aspettavano in fondo al ponte, con le lance in mano.

Hazel salutò qualcuno che non riuscivo a vedere: un'ombra nel bosco. «Il mio amico» spiegò. «Oggi ci scorta, ma i compagni di Willow e Sage non lo vogliono troppo vicino a loro.»

Annuii, cercando di fingere di essere contenta di non avere uomini così gelosi delle mie attenzioni. Le mie tre amiche mi condussero lungo un sentiero tortuoso, indicandomi la strada per il ruscello e i loro rifugi lungo la strada. La giornata era fresca e bella. Tra le mie amiche e i fiori che danzavano nella brezza, avevo quasi dimenticato la guerra che infuriava oltre la montagna assolata. Il Re dei Morti aveva sbaragliato diverse bande di Berserker mentre scortavano le mogli. Gli Alpha avevano pattuglie che setacciavano la campagna alla ricerca degli uomini scomparsi. Non sapevo ancora se Haakon fosse vivo, e Ulf... beh, c'era un motivo se le guardie pensavano che non fossi accoppiata.

«Eccolo!» Hazel si arrampicò sul pendio davanti a noi. La casetta sorgeva su un prato fiorito e si allontanava dalla foresta per affacciarsi su un ampio panorama. Raccogliendo le gonne mi arrampicai oltre i ceppi appena sbozzati, e seguii una scia di trucioli di legno fino a una grande stanza costruita a lato della casetta. I tronchi lucidi e il profumo del legno nuovo mi dissero che il posto era stato appena costruito.

«Ti piace?»

Vagai attraverso l'ampio spazio. Un grande focolare di pietra dominava la parete che la stanza condivideva con il resto della casetta. Una porta si apriva verso le oscure profondità al di là, ma Hazel non si avventurò lì dietro, quindi non ne parlai. La stanza conteneva abbastanza per interessarmi. Robusti banconi fiancheggiavano le pareti e due grandi tavoli su cavalletto si trovavano al centro della stanza. Due porte e una lunga fila di finestre all'aperto davano molta luce.

«Allora?»chiese Hazel.

«È molto bello» mormorai, chiedendomi perché mi avesse portata qui.

Sage e Willow entrarono, con dei cesti in mano. Sorridendo, appesero fasci di erbe ai ganci sulle travi più basse.

Hazel si sporse sotto alcuni banconi e tirò fuori ciotole e vassoi.

La consapevolezza si fece strada. «È una cucina…»

«Sì.» Sage si spolverò delle foglie dalle mani e posò un cesto pieno di mele sul tavolo a cavalletto.

«I Berserker l'hanno costruita per te. Il rifugio era qui, ma hanno aggiunto questa.»

Feci scorrere la mano sulla bella mensola di pietra. Il camino era abbastanza grande da poter arrostire un cinghiale o due. «Perché?»

Hazel scrollò le spalle. «Abbiamo parlato loro del cibo che di solito prepari. Gli Alpha devono aver pensato che fosse una buona idea darti un posto dove lavorare ora che ci sono più bocche da sfamare.»

Mi sedetti sul focolare, sopraffatta. L'edificio era al di là di qualsiasi cosa avessi mai sognato. Potevo essere felice, qui. Passare le mie giornate nelle cucine, cucinando tutto ciò che mi piaceva. Trascorrere le sere con le mie amiche, dando loro del buon cibo. Ma le mie notti sarebbero state solitarie.

Un fischio mi fece sobbalzare.

«Consegna per la cuoca» disse una voce profonda. Willow e Sage si allontanarono dalla porta mentre entrava un Berserker con i muscoli tesi che portava un pezzo di selvaggina legata. «Dove lo vuoi?»

«Uh, proprio lì» indicai. Lui sorrise e posò il suo fagotto su un tavolo. Era un cinghiale, senza dubbio una buona preda fresca.

«Grazie» gli dissi. Lui sorrise e abbassò la testa, allontanandosi.

Le mie amiche avevano tutte un sorriso. Notai che distoglievano lo sguardo dal guerriero.

«Stai attenta a chi guardi, Laurel» avvertì Hazel quando il guerriero non era più raggiungibile.

«Perché?»

«Gli unici uomini che possiamo guardare sono i nostri compagni» spiegò Sage.

Feci un suono infastidito.

«Non è così male, quando ci si abitua» disse Willow con un sorriso malinconico. «Guardare i guerrieri li incoraggia.»

«A meno che tu non voglia incoraggiarli?»chiese Hazel.

«No!» dissi rapidamente.

«Allora fai attenzione» disse Sage. «Ai nostri compagni non piace che guardiamo altri uomini. Forse un giorno, quando la maggior parte dei guerrieri si saranno accoppiati e vivranno come uomini civilizzati, invece che come Bestie. Ma per ora, seguiamo le regole oppure dovremmo sottoporci alle loro punizioni.»

«Certo, i Berserker sembrano divertirsi a punire le loro compagne» aggiunse Willow, e tutte arrossimmo.

Per nascondere i miei sentimenti mi distrassi con l'offerta del guerriero; il cinghiale, la carne preferita di Haakon. Mi si chiuse la gola.

«Stai bene?» chiese Hazel.

Scossi la testa su e giù.

«Avrò bisogno di alcune erbe per insaporirlo a dovere. Pensi che il tuo compagno ci accompagnerà nel bosco a coglierle?»

«Certo» disse Hazel dopo una pausa. «Ho creato un orto che vorrei mostrarvi. Non è stato ancora piantato nulla, ma Knut ha rivoltato il terreno per renderlo pronto. Si lamenta tutto il tempo, adesso, e dice che l'ho costretto a trasformare la sua lancia migliore in una zappa»disse, ridendo.

«Anche a me piacerebbe avere un giardino» disse Willow. «Gli uomini se la cavano abbastanza bene con la carne cruda, ma io ho voglia di nuovi piatti.»

«Sì, devi dirci quali erbe sono buone per insaporire, Laurel. E saranno quelle che coltiveremo per prime» disse Sage.

«Esci da quella parte.» Hazel indicò una piccola porta a sinistra del focolare. «Porta direttamente al bosco e a un ruscello.»

Prendendo un secchio, Sage iniziò a uscire, e quasi inciampò su un mucchio di conigli morti lasciati sul porticato.

«Per te, Laurel. Altre offerte per la regina delle cucine» sorrise Hazel.

«Le voci si diffondono velocemente» mormorò Willow a Sage.

Qualcosa nel suo tono mi fece girare. «Cosa vuoi dire?»

«Questi conigli, questa carne. Sono un regalo per te.»

«Non capisco. Perché me li regalano?»

«Sperano di indurti a diventare la loro compagna.»

Presi un respiro affannoso.

Willow e Sage uscirono, facendo attenzione ai conigli.

Hazel mi lanciò uno sguardo comprensivo. «Lasciali appesi in alto. Chiederò al mio compagno di scuoiarli per te.»

Non volevo toccare quelle offerte di altri uomini. Ma la carne era carne. Con un sospiro, presi il regalo e feci come suggerito da Hazel.

* * *

DUE GIORNI DOPO, avevo passato in cucina quasi tutto il tempo in cui ero sveglia. La capanna stessa rimaneva silenziosa e vuota; ci sbirciai dentro, ma non volevo disturbare chi ci viveva. Anche se non vedevo mai nessuno, mi sentivo grata che avessero condiviso il loro focolare con me. La cucina stava diventando rapidamente la mia casa.

Un tino gigante di porridge sobbolliva lentamente, pronto per essere portato da un Berserker alla tana delle profetesse non accoppiate. Lo servivo addolcito con prugne e miele. Sage si unì a me per ore e ore, aiutandomi a sbucciare, tagliare e macinare le erbe. Anche Willow e Hazel venivano a trovarmi, portando cesti di funghi e mele dure che avevano trovato nei boschi. E spesso, i guerrieri Berserker passavano, lasciando doni di carne per me.

Verso il tramonto un urlo si levò sulla montagna, abbastanza forte da raggiungere le mie orecchie. Lasciai il focolare e mi spostai fuori verso l'aria fresca della sera.

«Cosa c'è?»chiesi ad Hazel, che stava zappando un pezzo di terra in un orticello oltre la porta.

«Una banda di guerrieri è tornata» disse, asciugandosi il sudore dal viso. Un secondo dopo scoppiò in un sorriso.

«Laurel!» Willow gridò dal bosco, correndo verso di me. «Hai sentito? Haakon è stato trovato!»

Barcollai, e Sage corse dalla tavola per mettermi un braccio intorno al collo.

«I miei compagni mi dicono che i guerrieri l'hanno trovato nel profondo di una caverna, si è trascinato lì per sfuggire al fuoco. Era gravemente ferito, ma Sabine sta lavorando per guarirlo. Presto starà abbastanza bene per muoversi.»

«Questa è una notizia meravigliosa!» Abbracciai le mie amiche sentendo però una sensazione fredda dentro.

«Li senti, per caso?»chiese Sage. «Attraverso il legame?»

Tre paia di occhi brillanti mi puntarono. Potei solo scuotere la testa. «Non ancora...»

«Lo farai» disse Hazel, ma prima che potesse offrire altri incoraggiamenti, un Berserker gigante uscì dagli alberi e corse a baciare la sua compagna.

Mormorando rassicurazioni tornai al focolare.

Ci sarebbe stata una celebrazione. Le mie amiche restarono con me finché poterono, ma se ne andarono uno dopo l'altra quando i loro compagni giunsero per riprendersele. Avevano promesso di tornare per aiutare a portare il cibo fino al grande focolare. Tutti i Berserker disponibili erano a caccia di cervi, maiali e fagiani da arrostire sulla fiamma viva, ma le profetesse erano ansiose di assaggiare il cibo che avevo preparato io.

Il Sole luccicava basso nel Cielo quando mi misi davanti alla porta e mi stiracchiai. Avevo lavorato tutto il giorno e avevo quasi finito. Nel grande focolare, il cinghiale cuoceva con una mela in bocca. Avevo preparato i banconi con pagnotte di pane che si stavano raffreddando e teglie su teglie di torte al miele.

Qualcuno aveva lasciato un pacco sulla mia porta di casa. Sperando che non fosse altra carne, mi chinai e lo portai dentro, meravigliandomi invece del suo peso leggero. Tagliai lo spago e ripresi fiato. Dal pacco uscirono pieghe bellissime di tessuto. La stoffa era rossa come il ribes maturo.

Ho pensato che il calore si adattasse alla tua pelle chiara e ai tuoi capelli scuri.

La pelle d'oca mi percorse le braccia e così sgattaiolai nella casetta vuota. Sicuramente al proprietario non sarebbe dispiaciuto se mi fossi cambiata lì dentro. Mi lavai nella poca acqua che c'era, e una volta asciutta intrecciai i miei lunghi capelli. L'abito mi stava d'incanto. Le pieghe lisce mi avvolgevano le gambe. La vista del mio riflesso nel lavabo mi lasciò andare ad un lungo sospiro.

Tornai a riordinare la cucina, ma il formicolio sulle braccia non mi aveva ancora dato tregua.

«C'è qualcuno?» Mi girai, ma non vidi nessuno. Qualcuno era entrato, però. Aveva lasciato una testa di cavolo sul mio tavolo da cucina. La raccolsi, esaminandola come se potesse rivelarmi colui che l'aveva portato.

«Ti piace il mio regalo?»

Un brivido mi attraversò tutto il corpo a quella voce familiare.

Mi girai di scatto.

Haakon era in piedi proprio di fronte a me, e mi sorrideva. Sembrava un po' più magro dell'uomo che mi aveva portata via dall'abbazia, ma nessuna ferita aveva intaccato il suo fascino o la sua fossetta.

Non riuscivo a parlare. Mi gettai immediatamente su di lui. Le sue braccia mi circondarono all'istante.

«Attenta, piccola» disse. «Non sono ancora nel pieno delle mie forze.»

Ma quando cercai di indietreggiare mi strinse a sé. Schiacciai il viso contro il suo petto.

«Pensavo fossi morto. Ti ho lasciato—»

«Solo un po' di fuoco.»

Scoppiai a piangere.

Haakon era lì. Era vivo. Si chinò su di me, calmandomi mentre io seppellivo il mio viso nell'incavo del suo collo. Le sue mani vagavano su e giù per la mia schiena, donando una nuova linfa al mio corpo. Sarei stata felice se non avessi mai più dovuto lasciare il cerchio delle sue braccia.

Alzai la testa abbastanza a lungo per chiedere: «Come...?»

«Ulf è tornato per me. Sono svenuto e mi sono svegliato al suo richiamo.» Mi accarezzò i capelli. «Ti ho vista. In un sogno.»

«Anch'io ti ho sognato. Eri ferito in un luogo oscuro. Ho provato a chiamarti, a venire da te, ma poi...»

Haakon sorrise di nuovo, dolcemente, ed io tracciai la lineadella sua fossetta. «Abbiamo condiviso il sogno. Io e te, e anche Ulf. Sapeva dove cercarmi. Il fuoco aveva cancellato le mie tracce, ma io mi sono fatto largo più in profondità nella grotta e lui mi ha trovato lì. Non poteva raggiungermi attraverso il legame, ma il sogno gli ha dato speranza. Non mi avrebbe trovato se non fosse stato per te.»

Lo guardai negli occhi per un momento prima di capire esattamente quello che stava dicendo. «Abbiamo condiviso un sogno. Questo significa...?»

«Sì, Laurel. Il legame si è formato.»

Mi ritrassi, tremando. Era troppo poco per sperare.

«Laurel? Cosa c'è che non va?»

«Mi avete lasciata...» sussurrai, con lo stomaco che si contorceva. «Quando mi sono svegliata, le mie amiche mi hanno detto che Ulf ha rinunciato a me. Vivo con le donne non accoppiate. I guerrieri mi portano doni ora solo per ottenere il mio favore...»

Haakon ringhiò dal profondo del suo petto. Mi scostai, ma lui mi tenne stretta costringendomi a guardarlo in faccia. «Vuoi un altro compagno?»

«Io—»

Haakon ringhiò, gli occhi lucidi, i canini allungati. «Lo vuoi? Dimmelo.»

«No! Non c'è nessun altro.»

«Chi sceglieresti al posto nostro?»

«Nessuno!» gridai. «Nessuno se non voi.»

La sua presa si rilassò. Per quanto fosse diventata stretta, sapevo che non mi avrebbe mai fatto del male.

«Pensavo che non mi volessi...»

«Oh, amore» sussurrò Haakon, stringendomi tra le sue braccia. «Mi dispiace così tanto. Questa è opera di Ulf. Non crede di essere adatto ad essere il tuo compagno. Pensa che tu non lo perdonerai per avermi lasciato. Se fossi morto, voleva che tu fossi libera di scegliere un altro.»

«Cosa?» Fu il mio turno, allora, di ringhiare. «Ulf mi ha salvata dal fuoco! Non sarei viva, se non fosse per lui. Senza entrambi. Pensavo...» confessai i miei timori. «Pensavo che fosse arrabbiato con me. Per aver appiccato il fuoco...»

«No, piccola, è stata una cosa coraggiosa, quella che hai fatto. Il fuoco ha ucciso tutti i Grigi. Mi ha salvato. E ora abbiamo più armi per combattere i servi del Re dei Morti. Non che tu combatterai. Sei una sposa Berserker, ora.»

«Dov'è Ulf?»chiesi allora, il corpo ormai pieno di sentimenti contrastanti: rabbia, gioia, dolore. «Portami da lui.»

«Lo farò» disse Haakon. «Ma prima dimmi se ti piace il mio regalo.»

«L'abito? È meraviglioso, lo adoro.»

«Non l'abito»mi schernì lui, sbuffando. «Ti ho portato il cavolo!»

Lo guardai un attimo negli occhi, e quando mi resi conto che diceva sul serio, alzai gli occhi al Cielo. «Il cavolo? Davvero?» chiesi, poi però mi fermai, e gettai uno sguardo al mio vestito. «Aspetta. Allora chi—»

«Vedi, Ulf?»chiamò a quel punto Haakon. «Te l'avevo detto che avrebbe preferito il tuo regalo al mio. Vieni fuori, così potrà ringraziarti come si deve.»

Trattenni il respiro quando Ulf entrò. Il suo viso era ruvido per la barba e i suoi occhi sembravano stanchi, ma si illuminarono quando si posarono su di me. Il mio cuore si strinse. Era così bello per me, anche con le sue cicatrici.

«Va da lui» mormorò Haakon. Io mi stavo già muovendo prima che finisse di parlare, correndo verso Ulf. Non potevo farne a meno. Dovevo toccarlo.

Ulf si fermò di scatto quando mi avvicinai. Appoggiai le mani sul suo petto, le feci scorrere sulla spalla e sulla schiena.

«Sei ferito?»mormorai quando rimase rigido e immobile.

«No. Non più.»

Gli circondai il viso con le mani, incontrando i suoi occhi. «Grazie...»

«Per averti salvata? O per aver salvato il tuo compagno?»

«Per essere venuto per me. Ora... e prima. Nelle cucine dell'abbazia.»

Le sue braccia si chiusero lentamente intorno a me. «Verrò sempre per te, se lo desideri.»

«E io lo desidererò sempre» sussurrai. Lui non si ammorbidì al mio tocco, ma lo avrebbe fatto, un giorno. Presto.

«Quindi, ora... siamo accoppiati? Mi porterete nel rifugio che avete creato per la vostra compagna?»

Ulf sbatté le palpebre. «Di che parli?»

«La casa che avetecostruito. Mi porterete lì? E poi mi marchierete, e mi darete una collana da indossare? Affinché gli altri sappiano che sono stata reclamata?»

«Oh, lo faremo» ringhiò Haakon, arrivando dietro di me. Premette sulla mia schiena, e sentii come le mie parole lo avessero colpito. «Faremo tutte queste cose, e anche di più.»

«Per quanto riguarda il nostro rifugio, piccola...» Ulf allargò le mani.«Tu sei già qui. Questo è nostro. Non appena sono riuscito a collegarmi al branco, ho detto loro di costruire le cucine per te.»

«Nessuno te l'ha detto?» mi chiese Haakon.

«No...» dissi piano, prima di schiaffeggiare un braccio ad Ulf. «Perché nessuno me l'ha detto? Altri Berserker mi hanno portato della carne! Le mie amiche mi hanno detto che era per corteggiarmi! Che lo facevano perché avevano avuto il permesso da te!»

«Io... ho pensato che, se Haakon fosse morto, tu avessi preferito avere qualcun altro. Volevo darti la possibilità di essere felice...» disse Ulf, piano.

«Io voglio essere felice, Ulf» dissi, non sapendo neanche se piangere o urlare. «Ma con te. Non voglio nessun altro... io voglio *te*.»

«Sei bellissima...» disse soltanto,le sue dita ad intrecciarsi tra i miei capelli. I suoi occhi si riempirono di desiderio.

«Mi hai detto che mi avresti legata a te per sempre» sussurrai.

«Lo farò» promise.

«L'hai già fatto.»

Salii in punta di piedi, avvolgendo le braccia intorno al suo collo. Non appena alzai il viso, le sue labbra si schianta-rono sulle mie. La sua eccitazione scavò nel mio ventre finché non mi sollevò, tirando le mie gambe attorno al suo forte tronco.

Ci baciammo finché Haakon non si schiarì la gola. Slegando le gambe, lasciai che Ulf mi mettesse a terra.

«Allora è deciso»dissi, sistemando il mio abito.

«Non proprio» disse Haakon. «Come dici tu, altri Berserker hanno cercato di rivendicare la tua presenza. Abbiamo sentito ogni sorta di discorsi. Hai flirtato con tutti i tipi di guerrieri e li hai guardati negli occhi.»

«Oh, Dio! Non è vero! E quella di non guardare i guerrieri negli occhi è una stupida regola!» dissi, incrociando le braccia al petto.

«È stupida l'unica regola che ci permette di tenere sotto controllo la nostra Bestia?» mi chiese Ulf, inarcando un sopracciglio.

«Dicono che hai mostrato interesse per diversi guerrieri, e che hai cucinato la loro carne.»

«Certo che ho cucinato la carne che hanno portato! È carne perfettamente buona.»

«Quindi non neghi di aver incoraggiato altri a corteggiarti?»

Guardai da una faccia severa all'altra e alzai le mani. «Beh, dopo che mi hai abbandonata, cosa ti aspettavi? Che mi mettessi a piangere fino al tuo ritorno? Non è colpa mia se ogni forte guerriero non accoppiato mi vuole...»

L'aria lasciò il mio stomaco quando Ulf e Haakon mi sollevarono, mettendomi sul bancone come se fossi un pezzo di carne. Mi arrampicai di nuovo sulla superficie di legno, mettendo l'intero tavolo tra me e i guerrieri dagli occhi brillanti.

«Così hai deciso di sfidarci? Sfidare i tuoi compagni ancora una volta?» Il sorriso di Haakon fece balenare i suoi lunghi canini. Ulf fece il giro del bancone verso di me.

«Forse...»Scivolai a terra e indietreggiai, con le mani alla ricerca di qualcosa da usare come arma. «Hai detto che ti piacciono le donne vivaci, no?»

«No.» Haakon inclinò la testa di lato. «Abbiamo detto che ci *piacevi*. Ma sei stata una compagna molto cattiva. Scappare da noi, litigare con noi, prendere le torce e andare in battaglia quando ti avevamo detto chiaramente di scappare...»

«Eppure non scappando ti ho salvato la vita!»

«Ora sei una sposa Berserker. E i Berserker mettono in riga le loro compagne.»

«Puoi provarci, se vuoi» ringhiai. Le mie mani si chiusero su un qualcosa e lo lanciai senza pensare. Haakon evitò per un pelo di essere colpito in testa da un cavolo.

«Eccola...» mormorò Ulf, alzando gli occhi al Cielo. «La combattente delle cucine.»

Haakon si raddrizzò e io afferrai una mela. Una pausa, mentre i guerrieri discutevano sul da farsi, e io trattenni il respiro.

«Va bene, piccola» annunciò Haakon. «Abbiamo deciso che Ulf ti punirà, e io guarderò. Non pensare che mi stia privando di te. Dopo che avrà finito di punirti, toccherà a me prenderti a schiaffi, e Ulf starà a guardare.»

«Se pensi che mi sottometterò a questo volentieri, ti sbagli di grosso.»

«Oh, piccolo tesoro...»I suoi occhi scintillarono. «Speravo proprio che ti ribellassi.»

Un minuto dopo, la cucina era un tripudio di mele lanciate e piatti caduti, il pavimento ampiamente spolverato di farina.

Io giacevo nuda, imbrigliata come un pezzo di selvaggina con le mani legate dietro la schiena. «Ecco qualcosa per tenerti la bocca occupata» disse Haakon, e mi infilò una mela in bocca, una di quelle piccole, troppo piccole per essere bollita. La tenevo da parte per la decorazione. Peccato non avessi mai pensato che sarei stata io il centrotavola. I miei capezzoli scavarono nel tavolo duro al pensiero di essere portata fuori e restare esposta così per un intero pasto.

«Imparerai a prenderti cura di noi, Laurel» disse Haakon mentre Ulf controllava i suoi nodi. «Fino ad allora, ti legheremo in modo che tu non possa andartene.»

«E per la tua punizione?» Disse Ulf. «Penso che abbiamo trovato l'attrezzo perfetto.» Agitò un cucchiaio di legno davanti al mio viso.

I due guerrieri si presero il loro tempo per fissarmi, stendendomi proprio come volevano sul tavolo, accarezzando le mie curve e parlando di me come se fossi una nuova fantasia che avevano comprato al mercato. Onde di eccitazione mi percorsero. Le mie orecchie si riempirono del suono del mio respiro pesante, e la cucina si riempì del mio odore muschiato.

«Per favore» dissi infine. «Facciamola finita…»

«Adoro quando implora di essere punita» osservò Ulf.

«Adoro quando implora per qualsiasi cosa.»

Il primo assaggio del cucchiaio mi fece sgranare gli occhi. La mela mi saltò fuori dalla bocca mentre gridavo.

«Fa male!»

«Ragazzina cattiva…» Ulf sostituì la mela con alcuni anelli di corda legati all'imbracatura che attraversava il mio corpo. «La maggior parte delle profetesse prendono la loro punizione da brave sottomesse, poi si inginocchiano per ringraziare i loro compagni.»

Stringendo la mascella, affondai i denti nella corda.

«Dubito che questa s'inginocchierà. Ma è sicuramente una profetessa. Guarda come reagisce a un po' di dolore.» Haakon passò le dita tra le labbra bagnate della mia vagina e mi mostrò com'erano appiccicose prima di leccarle per bene. «Dagliene un altro po' Ulf, e vedrai come colerà.»

Il cucchiaio mi colpì allora il sedere in rapida successione.

Trattenni il respiro decisa a non fare storie. I miei compagni si divertivano troppo.

«Prova questo.» Haakon prese una pala da pane dal manico lungo. Non appena scattò contro il mio sedere, gridai abbastanza forte da far accorrere tutti sulla montagna.

«Che dolcezza...» disse Haakon, immergendo le sue dita nella mia vagina. Io gemetti.

«Prova questo» disse Ulf.

«Una carota? Cosa credi che sia, un coniglio?»

«Fai come vuoi» disse Ulf, e fece scivolare l'oggetto freddo e duro dentro di me. Il bavaglio attutì le mie grida indignate mentre lo girava, stimolando ogni parte della mia apertura.

«Vedi?» disse, dopo avermi scopata con la carota e averla ritirata. «Ha un sapore dolce.»

«Fammi provare.» Il tono malizioso di Haakon mi fece irrigidire. Aveva in mente qualcosa, ma potevo solo stare sdraiata e accettare.

Un secondo dopo l'olio fu versato sulla fessura del mio sedere. Tutti i miei movimenti non potevano forzare quei nodi che mi trattenevano dal dimenarmi. Un dito scavò tra le mie natiche scivolose, tastando e massaggiando il mio buco posteriore prima che un altro oggetto inflessibile, potevo soltanto supporre la carota, prendesse il suo posto. La punta scivolò dentro, il mio bocciolo stretto si allungò con una sensazione innaturale mentre la carota si assottigliava. Non faceva male. Mi sentivo strana e piena. L'eccitazione fluttuava nel mio stomaco anche se scalciavo gridavo e protestavo.

«Attenta, tesoro.» Ulf mi cinse il braccio. «Non voglio che queste corde ti lascino segni.»

«Tesoro. Questa sì che è una buona idea. C'è qualcosa cui poterla segnare, in giro?» Lasciando la carota nel mio buco del culo, Haakon si allontanò di qualche passo.

«Dimmi che cederai,» sussurrò Ulf, accarezzandomi i capelli, «e la tua punizione sarà finita.»

«Nuh-uh!» scossi la testa, ringhiando contro di lui. Era arrivato il momento di smettere di fare la brava ragazza.

«Fai come vuoi» disse, spostandosi, e Haakon prese il suo posto.

«Ti piace farti riempire il sedere?»

Gli mostrai i denti. Lui si mise a ridere. «È meglio che ti ci abitui. Ci stiamo facendo fare un plug. Lo indosserai ogni volta che lo riterremo opportuno, tutto il giorno mentre preparerai le tue torte fantasiose. Ti faremo chinare e ce lo mostrerai a nostro piacimento.» Si avvicinò a me. «E quando lo toglieremo, lo sostituiremo con i nostri cazzi.»

Mi sfuggì un mugolio. Mi diede una pacca sul sedere, girando ulteriormente la carota. «Presto ci implorerai di riempirti in questo modo. Vedrai.»

Non solo la mia eccitazione si schiantò su di me, ma anche le feroci ondate di desiderio. Quando Ulf e Haakon mi sollevarono per l'imbracatura della corda e mi rovesciarono, in modo da mostrare loro il mio corpo, vidi la fame nei loro occhi. E quando Haakon sollevò un favo e lasciò che la roba dolce colasse sui miei seni legati, il bisogno aumentò in me, prendendo i miei pensieri e togliendomi il respiro. Due bocche calde si chiusero sui miei seni, leccando e succhiando i miei capezzoli fino alle punte. Mi contorsi controle corde, il mio desiderio cresceva, facendomi perdere la testa. Mi sfuggirono mugolii senza fine. Se avessi potuto parlare avrei detto: «Per favore!»

«Così dolce...» Haakon mi girò in modo da stare tra le mie gambe. La sua bocca si fissò sulla mia vagina che gocciolava, girando intorno al mio punto di piacere fino a quando delle luci esplosero da dietro i miei occhi. Morsi con forza la corda mentre il mio orgasmo rimbombava attraverso il mio corpo.

L'istante successivo mi distesi sul tavolo mentre Ulf tagliava le corde e le lasciava cadere.

«Per favore…» implorai. «Prendetemi.»

«Piccola…» Haakon salì sul tavolo per inginocchiarsi tra le mie gambe. «Pensavamo che non l'avresti mai chiesto.» Fermandosi solo per tirare fuori la carota, mi prese le gambe dietro le ginocchia per sollevarle e mi penetrò. La testa mi scivolò all'indietro mentre la mia umidità lo inghiottiva.

«Anch'io.» Ulf era in piedi all'estremità del tavolo, il suo cazzo all'altezza perfetta per la mia bocca. Lo presi immediatamente, succhiandolo. Lui mi pizzicò i capezzoli, diffondendo una spirale di calore dentro me. Haakon si mosse tra le mie gambe, le sue spinte mi fecero dondolare sul pene di Ulf.

Poi fui tirata in piedi, liberata mentre il tavolo cadeva a terra. Ulf mi teneva al sicuro, e Haakon scattò via appena in tempo. La grande lastra di legno colpì la sua gemella, rovesciandola anch'essa.

Quando la polvere si posò, la risata di Haakon risuonò nella stanza.

«Hai rotto i miei tavoli!» ansimai. La cucina era un disastro: avevo lanciato ogni pentola e ogni mela dura che fossi riuscita a prendere contro i miei compagni, e loro avevano protetto le loro teste con delle teglie, e tutte quelle cose erano sparse alla rinfusa sul pavimento. E ora i grandi e robusti tavoli giacevano di traverso, rovesciati dalle forti spinte del mio compagno.

Meno male che avevo messo i dolci al miele sul bancone.

«Sei ferita?»

Scossi la testa.

«Puliremo il casino e metteremo a posto, promesso» mi assicurò Haakon.

«Più tardi, però» ringhiò Ulf, afferrandomi il braccio.

«Non abbiamo finito.» Mi attirò verso il focolare. «Metti le mani sulla pietra.»

Mi piegai a metà, assumendo una posizione che gli mettesse a nudo il mio vulnerabile sedere. Aspettai qualche istante e mi guardai indietro. Ulf e Haakon non si erano mossi, non riuscivano a staccarmi gli occhi di dosso. Sorridendo, agitai il mio culo in aria finché Ulf non uscì dalla fase di trance.

«Olio» disse, e quando indicai, mi disse di tornare indietro.

«Respira» disse Haakon, venendo a posare una mano rilassante sulla mia schiena.

L'olio si sparse liberamente sul mio sedere e sulla fessura. Cercai di non contorcermi mentre Ulf si spalmava le dita e ne infilava una, poi due nella mia fessura inferiore, stirandomi.

«Reggiti e apriti a me» ordinò Ulf.

«Respira» ripeté Haakon.

Stesi le mani sulla pietra grigia e cercai di fare ciò che il mio severo compagno desiderava. Mi divaricò ulteriormente le gambe e mi afferrò i fianchi per tirarli più in alto. La sua asta sfiorò il mio buco posteriore. Mi tesi immediatamente.

«Non così. Apriti a me.»

Haakon si sedette accanto a me, toccandosi. Il suo cazzo si agitava vicino al mio viso, mentre quello di Ulf faceva breccia nel mio buco di dietro, dilatando lo stretto anello di muscoli. Con l'olio, scivolò in avanti facilmente, bruciando un po'. Ulf spingeva e ritirava alternativamente, facendosi strada. La mia vagina pulsava mentre lui riempiva la parte più intima di me.

«Come va?» gli chiese Haakon.

Ulf si limitò a gemere.

«Così bene?» Haakon fece l'occhiolino e mi mostrò la sua fossetta.

Ulf si estrasse e mi accarezzò la schiena, dandomi una pausa. «Che dolce, darsi completamente a noi.»

Allungai la mano e toccai il muscolo di ferro tra le sue gambe. Era così forte per essere così gentile. Curvando la schiena, inarcai la testa all'indietro. «Prendimi.»

Le imprecazioni caddero dalle sue labbra mentre si spingeva dentro di me un'altra volta, completamente. La mia passera zampillò quando l'uccello di Ulf si sistemò nella profondità della mia cavità. La sua mano si avvicinò per accarezzarmi e le mie gambe tremarono.

«Oh no...» Negai la sensazione oscura. Non potevo raggiungere l'orgasmo in questo modo.

«Sì, Laurel. Sottomettiti a noi. Sottomettiti ai tuoi compagni.»

Le sue dita mi spinsero più in alto finché le mie ginocchia non cedettero mentre lui mi reggeva. Haakon guardava con occhi brillanti, la sua risata era sparita, sostituita da pura fame.

Un tizzone scoppiettò scatenando una pioggia di scintille sul mio viso e io gridai. Immediatamente mi ritrovai tra le braccia di Ulf, con un possente avambraccio sul mio ventre. L'altra mano scivolava fino a stringermi la gola.

«Non preoccuparti. Ci sono io con te. Ci sarò sempre per te.»

Haakon si mosse davanti a me, bloccandomi la vista del fuoco. Le sue mani mi toccarono i seni, mi pizzicarono i capezzoli prima di immergersi tra le mie gambe per strofinare di nuovo il mio punto debole. Ulf mi teneva prigioniera, e tra le dita esperte di Haakon e la mano potente di Ulf che conteneva il mio battito, salii di nuovo sulle vette del piacere.

Appena prima che mi ribaltassi, Haakon tolse le mani.

Ulf strinse la presa. «Ora, fratello.»

Haakon mise una gamba sul centro e si diresse verso la mia intimità, calda e bagnata. Scivolò dentro lentamente, riempiendomi centimetro per centimetro, fissando i miei occhi per tutto il tempo.

«Non venire, Laurel. Non ancora» ordinò Ulf, e io lottai per trattenere il mio orgasmo finché entrambi gli uomini si unirono a me, toccando le mie parti più profonde, travolgendomi di sensazioni.

Sull'orlo dell'orgasmo, il mio corpo trattenne il fiato. Haakon cominciò a spingere.

Ora, La voce di Ulf riverberò nella mia mente, riempiendo l'ultima parte di me. Il grido di Haakon si unì al suo. Mi spezzai sui loro membri, rabbrividendo di piacere, solo le loro forti braccia e la pressione della loro pelle contro la mia mi impedirono di frantumarmi.

Denti mi perforarono improvvisamente il collo. Haakon alzò la testa all'indietro con i canini lampeggianti e si abbatté sulla mia spalla. I due morsi mi procurarono un dolore immenso, e allora stesso tempo mi fecero esplodere di piacere. Gli uomini non smisero mai di spingere.

Mia, le loro voci echeggiarono nella mia testa. *Nostra. Ora e per sempre.*

Urlai rauca, ondeggiando tra loro, sballottata avanti e indietro in una tempesta di sensazioni. Il mio corpo si incrinò e si frantumò, stavo riversando tutto fuori. Ma restai intatta. Non ero distrutta. In qualche modo, mi sentivo... completa.

Ulf e Haakon sbatterono contro di me toccando le mie parti più profonde. Nuotai tra le loro braccia, stordita, felice, esausta, mentre loro imprecavano nei loro orgasmi. I punti dolenti delle mie spalle formicolavano. In qualche modo sapevo che i morsi sarebbero guariti in fretta, ma avrei portato per sempre la cicatrice. Il marchio. La prova che ero di proprietà di qualcuno.

Laurel. Le labbra di Haakon trovarono le mie. Mi aggrappai a lui con il braccio sinistro, facendo scorrere una mano verso Ulf. La mia mano destra sfiorò la dura cresta della sua cicatrice, e lui sussultò indietro, scivolando dal mio corpo e posandomi sul pavimento. Ulf non era ancora a suo agio con me. Non importava. Ero Laurel, la compagna dei Berserker. Completamente me stessa, senza volermi nascondere. L' avrei illuminato col mio amore finché non sarebbe rimasto niente di brutto, solamente Ulf..

Sei pronta per essere portata a letto? La voce di Haakon mi risuonò nella mente.

La mia testa si girò di scatto.

«Cosa c'è, piccola?»

«Ti ho sentito» sussultai. «Nella mia testa.»

Sì, piccolo amore. Questo è il legame. Vieni, tesoro. È ora di averti nella nostra casa.

«Aspetta!» Mi staccai dalla sua presa. «Il cinghiale, i dolci al miele. Dovevo portare questo cibo alla festa.»

«Abbiamo mandato a dire che ti stavamo reclamando» disse Ulf. «Stasera il branco può cucinarsi il proprio banchetto.»

«Io mangerò il cinghiale» offrì Haakon. «E a te piacciono le torte al miele.»

Mi si aprì la bocca. «Ma ce ne sono centinaia!»

«Sì, beh...» Haakon si avvicinò dietro di me, stringendomi i seni. «Avrai bisogno di quanto più cibo possibile, per avere la resistenza necessaria a soddisfare i tuoi compagni.»

Molto più tardi, quando mi mostrarono il resto della casetta, in particolare il letto, mi distesi facendo roteare le dita sul petto di Haakon. Sorrideva anche nel sonno, la sua fossetta mi strizzava l'occhio.

«Com'era quando l'hai trovato?» chiesi a Ulf.

«Incosciente. All'inizio avevo paura che avesse avuto altri danni alla schiena. Ma la guarigione era andata bene. Aveva solo bisogno di cibo e acqua. Guarirà più velocemente ora, con il legame tra noi completo.»

Riflettei silenziosamente su questo. C'erano molte cose che non capivo sul legame di accoppiamento. Domani avrei chiesto alle mie amiche.

Accanto a me, Ulf fece un lungo sospiro. Mi morsi il labbro.

«Cosa c'è, Laurel?» disse senza aprire gli occhi.

Saltai alla sua voce.

Dopo tutto questo tempo hai ancora paura di me? Finalmente collegate, attraverso le nostre menti riuscii a sentire il suo dispiacere.

«Certo che no!» Ma una parte di me rabbrividiva ancora.

«Dimmi, piccola.»

«Sei arrabbiato con me... per l'incendio?»

«No.» Rotolò verso di me, sistemando il suo grande corpo sopra il mio. Le sue braccia muscolose lo tenevano in alto. Le sue mani si posarono su entrambi i lati del mio viso, i suoi pollici mi sfiorarono la mascella. Nel bozzolo del suo calore e della sua attenzione non potevo nascondermi. Il mio cuore si scosse un po', il dolore si riversò nel legame tra noi.

«Mi hai lasciata...» sussurrai. Silenziosamente,condivisi ogni brivido, ogni momento di freddo che avevo provato sulla montagna quando i Berserker e le mie amiche mi avevano fatto capire che ero stata abbandonata dai miei compagni.

Lui non rispose, si limitò a scostarmi i capelli dalle guance. «Così bella...» mormorò. «Una donna come te può avere qualsiasi uomo.»

«Non qualsiasi. L'unico che volevo ha preferito non avermi.»

I suoi occhi si chiusero. «Volevo soltanto liberarti...»

La rabbia mi attraversò. «Non ne avevi il diritto, Ulf.»

«Sono brutto.»

Lo disse senza fare una smorfia, ma lo sentivo lo stesso

nel profondo del suo cuore. Il suo corpo si trovava così vicino, ma ci volle tutto il mio coraggio per toccarlo.

«Per me sei il più bello degli uomini» sussurrai con la punta delle dita sul suo petto.

Il suo sguardo scivolò via. Ma, per una volta, dimenticò di rivolgermi il lato integro del suo viso. Studiai la ruvida rete di pelle che componeva la sua guancia infossata sotto l'occhio. E sapevo cosa dire.

«Non ti amerei così tanto senza le tue cicatrici, Ulf.» Mi aprii a lui attraverso il legame, così avrebbe saputo che ogni parola era vera.

«Hai pietà...»

Gli poggiai un dito sulle labbra. «Non è pietà. Tu mi hai salvata. Sia tu che Haakon... e nonostante tu sappia cosa significa, essere bruciati dalle fiamme... hai rischiato il fuoco un'altra volta, solo per salvarmi la vita.»

Lui incontrò il mio sguardo. Sfregiato e bello, feroce e gentile. Il mio compagno.

«Nessuno dei Berserker che ha provato a corteggiarmi potrà mai essere come te.»

Ulf mi strinse a sé, con un ringhio profondo nel petto.

«Non potevo neanche pensare a loro... non quando avevo avuto accanto a me l'uomo più coraggioso del mondo, pronto a reclamarmi. Se anche fossi tornato senza Haakon, Ulf, io non avrei voluto nessun altro. Piuttosto che vivere senza di te, mi sarei tolta la vita. Non c'è nessun altro. Non ci sarebbe stato nessun altro. Solo te. Sempre.»

Compagna. Ulf afferrò la mia nuca, tenendomi ferma sulle le sue labbra. Non era un bacio, era un vero e proprio saccheggio. Prese e prese, e io rovesciai la testa indietro e diedi, perché avevo un amore infinito da dare.

Si scostò da me, e io mi appoggiai al suo fianco, faccia a faccia.

Basta nascondersi. Toccai la sua guancia sfregiata.

Mai più, promise, ed io sorrisi.

Mi accoccolai su di lui mentre Haakon prendeva improvvisamente a russare. *Spero che i nostri bambini siano come te.*

Ulf si irrigidì. «Bambini...» sussurrò.

«Sì.» Mi aggrappai a lui, senza osare chiedergli se desiderasse un bambino.

«Non saranno sfregiati...» disse allora lui, con stupore. «Avranno il mio volto, ma nessuna delle mie cicatrici.»

Mi morsi il labbro, scacciando le lacrime per la sorpresa. Gli afferrai la spalla con forza. «Non mi interessa che aspetto abbiano, Ulf.Mi basta che abbiano il tuo coraggio. Voglio che il loro cuore sia grande come quello del loro padre.»

«E quello della loro madre.» Intrecciò la sua mano con la mia.

Mi appoggiai su di lui. «Tu insegnerai loro ad essere coraggiosi, Ulf.»

«Lo faremo entrambi.»

Mi baciò i capelli, e con quell'ultima promessa, raggiungemmo Haakon nel sonno.

Nove mesi dopo nacque mio figlio Ulfarr, un'immagine sputata di suo padre.

NOTA DELL'AUTRICE

Grazie per aver letto la storia di Sage, Thorbjorn e Rolf!

Quando ho cominciato a scrivere la loro storia, non me la immaginavo così piena di disperazione e problemi. I miei personaggi mi arrivano con le loro vite già formate, e l'unica cosa che faccio io è sedermi e vederle sviluppare di fronte i miei occhi.

Detto questo, la storia di Laurel, Ulf e Haakon sarà molto più leggera—solo tanto, tanto divertimento!

Spero tanto che vi stia piacendo la saga dei Berserker! Ho tanti altri libri in programma. Del resto, c'erano proprio tante profetesse da salvare in quel convento, e tanti, tanti Berserker alla ricerca di una compagna. Tenetevi pronti per le storie di Laurel, Fern e Sorrel nei prossimi mesi. Le sto scrivendo in contemporanea con la nuova serie chiamata Draekon, in collaborazione con Lili Zander.

Grazie a tutti coloro che mi scrivono per dirmi quanto amano i Berserker. Se hai un amico che pensi possa essere interessato a questa saga, allora direzionali verso "Venduta ai Berserker" o "Salvata dai Berserker"!

LIBRO GRATUITO

<u>Allevata dai Berserker</u> (solo per i fan più accaniti sulla lista e-mail di Lee=)
Clicca qui per cominciare
https://geni.us/BredBerserkersIT

LA SAGA DEI BERSERKER

Per più di un secolo, i guerrieri Berserker hanno combattuto e ucciso per i re. Ma c'è un solo nemico che non possono sconfiggere: la bestia dentro di sé.

<u>Venduta ai Berserker</u>

<u>Accoppiata ai Berserker</u>

<u>Allevata dai Berserker</u> (solo per i fan più accaniti sulla lista e-mail di Lee=)

<u>Presa dai Berserker</u>

<u>Data ai Berserker</u>

Rivendicata dai Berserker

Salvata Dai Berserker

Catturata dai Berserker

Rapita dai Berserker

Legata ai Berserker – Laurel, Haakon & Ulf

Piccoli Berserker – le sorelle Brenna, Sabine, Muriel, Fleur ei loro compagni

La Notte dei Berserker – la storia della strega Yseult

Posseduta dai Berserker – Fern, Dagg & Svein

Domata dai Berserker — Sorrel, Thorsteinn & Vik

Comandata dai Berserker — Juliet, Jarl & Fenrir

SULL'AUTRICE

Lee Savino ha in programma di conquistare il mondo, ma quasi ogni giorno le capita di non trovare le chiavi o il telefono, così rimane a casa a scrivere romance "smexy" (smart + sexy). Adora il cioccolato, indossa sempre pantaloni da yoga e sta benissimo con i cappelli.

Se vuoi un po' di sano divertimento, unisciti al suo gruppo di dee (Goddess Group) su Facebook o visita il sito www.leesavino.com per iscriverti alla newsletter e ricevere un libro in omaggio.

Sito Web: www.leesavino.com
Goddess Group su Facebook:
https://www.facebook.com/groups/LeeSavino/